ISBN 978-88-06-16281-8

Michele Mari

Verderame

Einaudi

Verderame

Dimidiata da un colpo preciso di vanga, la lumaca si contorceva ancora un attimo: poi stava. Tutto il vischioso lucore le rimaneva dietro, perché la scissione presentava una superficie asciutta e compatta che il colore viola-marrone assimilava al taglio di una bresaola in miniatura. Dunque della sua bavosa vergogna l'animale si doveva liberare in continuazione per rimanere puro nell'intimo suo, e a questa nobile pena era premio la metamorfosi dell'immonda deiezione in splendida scaglia iridescente.

Corrugato da solchi paralleli e regolari, il tegumento esterno era di un rossiccio che teneva del boleto: ciò che distingueva il nostro mollusco come lumaca rossa ovvero lumaca francese: piú tozza e piú chiara delle nostrali, con una sagoma piú vicina alla balena che al serpente, e corna piú corte e meno facili alla protrusione.

– Puàh! – fece il villano sputando sopra il cadaverino ma mancandolo di qualche centimetro. Poi ritrasse la vanga e ne passò la lama fra due dita, come a nettarla di una poltiglia che esisteva solo nella sua testa. – Lümàgh frances! – e nuovamente esplose un bolo di saliva che come il precedente scaracchio nessuna benedizione avrebbe trasformato in madreperla. – Lümàgh schifús vacaboia! – e finalmente si allontanava.

Io pure mi allontanavo, per tornare dopo qualche ora ad assistere al lavoro delle formiche, che coperti completamente i due monconi della lumaca ne suggevano la linfa riducendo la spoglia a fascio di fibre mummificate. Mi piaceva pensare a quegli esserini come all'equipaggio del Pequod impegnato nella lavorazione di un cetaceo, e da questo pensiero prendeva forma l'irresistibile immagine di una tremenda lumaca bianca piena di cicatrici, la lumaca della vendetta...

Peccato che il mio contadino non avesse nulla del capitano Ahab. Anzi lo caratterizzava qualcosa d'informe, cosí nella corpulenza perennemente insaccata nella stessa tuta bluastra come nel volto, complicato da una cicatrice che collegava il ciglio dell'occhio sinistro al ciglio del labbro, da una vasta voglia color vinaccia, e da tutti i porri il cui aggetto era bilanciato dalla cavità delle ulcere vaiolose. Segnatamente sconciato era il naso, bitorzoluto e spugnoso come quello di un cirrotico, e percorso da un reticolo di venuzze scure. Sgradevolmente lacrimosi aveva gli occhi, con le palpebre quasi incollate dalla resina come per una congiuntivite cronica: fenomeno che se non altro gli conferiva un'aria pensosa e concentrata, come di chi affisi il pensiero a metafisiche lontananze.

Dentro di me lo chiamavo l'uomo del verderame, perché di tutte le sue mansioni, che prevedevano la cura dell'orto e degli alberi, la manutenzione spicciola della casa, il taglio del prato, l'allevamento di galline e conigli, la preparazione e l'irrorazione del verderame era per un bambino la piú fascinosa. Lo vedevo spezzare stecche di verderame solido dentro un bidone di metallo, e ognuna di quelle schegge aveva la sinistra seduzione dei gessi colorati che furono fatali a Mimí, la «bimba sciocca» della canzoncina. Punizioni tremende, avessi solo sfiorato una di quelle schegge: pure, siccome egli le trattava a mani nude ritraendone un turchese che non solo gli tingeva la pelle ma gli si installava permanentemente sotto le unghie, i casi erano due: o il verderame non era cosí pericoloso, o davvero egli era un mostro. E a questa seconda ipotesi sempre fiducioso mi attenni.

Perché mi voleva bene, quell'essere, ed essere amato da un mostro è la migliore delle protezioni dall'orribile mondo. Certo si macchiava di atti nefandi come l'uccisione delle lumache o lo scuoiamento dei conigli, la cui cruenta pelliccia appendeva ai rami degli alberi senza alcun riguardo alla mia tenerezza: ma ero abbastanza intelligente da capire che a un mostro qualcosa si deve pur concedere. Mio nonno cercava di confondermi attribuendo l'eccidio dei molluschi alla necessità di preservar le lattughe, e il sacrificio dei conigli alla bontà degli umidi imbanditi dalla nonna: ma io sapevo che erano pretesti, che il mostro uccideva con piacere e con pompa e che questo solo contava, la sua barbara soddisfazione di carnefice; e del resto a qualificarlo per mostro bastavano i suoi disgustosi scaracchi, ai quali anche la speciosa dialettica del nonno non poteva trovare giustificazione.

Si sapeva poi quand'era nato, e dove? Cos'aveva fatto prima di lavorare per noi? Se aveva parenti? Qualcuno era mai entrato in casa sua, se casa era l'incognito spazio chiuso da un portoncino di legno grigiastro? Qualcuno l'aveva mai visto in un abito che non fosse quella tuta, identica nei decenni? Qualcuno poteva dire di averlo visto fare la spesa, o ricevere derrate a domicilio? E di cosa si nutriva? Beveva molto, evidentemente, ma c'era in tutto il paese una sola persona che potesse testimoniare dell'ingresso di una bottiglia attraverso quel portoncino? E finalmente, io avevo bisogno di un mostro, e questo decideva. D'altronde, non maneggiava impunemente il tremendo veleno?

Sciolto nell'acqua, il verderame formava una pasta densa, simile a quella che nelle fiere di una volta i caramellai torcevano come lottassero contro un pitone: cosí doveva rimanere alcuni giorni per «respirare», verbo che diceva fin troppo della vita di quella cosa. A tal fine, il bidone restava pericolosamente aperto: io entravo piú volte nella legnaia per controllare quella misteriosa attività respiratoria, e contemplando il meraviglioso turchese cercavo di non sporgermici sopra per paura delle esalazioni, una paura che mi confermavano gli insettini morti che sempre piú numerosi maculavano il colore.

Venuto il momento l'uomo versava la pasta dentro una grande vasca di graniglia, la cui presenza faceva sí che la legnaia fosse talvolta chiamata lavanderia, con una transitività che se sconcertava gli estranei era per me il segno della natura metamorfica e magica di quel luogo. Aggiunta molta acqua nella vasca egli «rügava», cioè mescolava con un bastone finché il liquido non fosse omogeneo. – Va' Michelín, l'è cumpagn rügà la pulenta – mi faceva: poi sputava *dentro* la vasca e procedeva alla mescidazione come una macchina. Era solo

un'abitudine, o quello sputo conteneva gli enzimi necessari
alla buona riuscita dell'operazione, come uno di quegli ingre-
dienti segreti su cui ogni brava cuoca costruisce la propria fa-
ma? Non seppi mai. Ottenuto il risultato prefisso, ecco che
le sue mosse si facevano rapidissime: bisognava riempire il
sifone prima che nella vasca la miscela «l'andass insemma»,
cioè, come con identico errore si dice della maionese, si divi-
desse. Cosí, inferto un ultimo e piú vigoroso giro di bastone,
l'artefice prendeva l'enorme sifone di rame e lo immergeva
finché fosse pieno; dopodiché lo chiudeva assicurandone il
coperchio con due leve; dopodiché lo asciugava e lucidava con
due diversi panni perché il verderame, mi aveva spiegato, non
rovinasse il lucido del rame; dopodiché, sustoltolo alquanto,
lo agitava come lo shaker mostruoso di un piú mostruoso bar-
man; dopodiché vi applicava due larghe cinghie di cuoio a mo'
di spallacci, e come uno zaino della prima guerra effettivamente se l'incollava sul groppone: cosí carico faceva due o tre
saltelli ad assestarselo meglio, quindi rimosso con destrezza
un opercolo situato sul coperchio vi avvitava la ghiera di un
tubo di gomma terminante in una punta metallica, anch'essa
di rame, identica per proporzioni alle siringhe dei pasticceri,
non fosse per una sottostante impugnatura ad anello che ricordava quella di un Winchester. Io a questo punto mi ero
già allontanato di qualche metro perché sapevo cosa stava per
accadere: puntato il tubo-siringa verso il nulla, l'officiante tirava a sé l'anello provocando lo spruzzo del verderame, prima restio e in forma di goccioline troppo grosse, poi finalmente nebulizzato e gagliardo. Irriferibili bestemmie uscivano dalla bocca dell'orco finché lo spruzzo non fosse di suo
gradimento: al che, con tutto quel rame sulla schiena che mi
ricordava i palombari del Nautilus, si girava verso di me e si-
mulava irrorarmi facendo – Psssssss... – con la bocca, ma l'attimo dopo si era già dimenticato di me per essere tutto della
sua mansione.

Due ore dopo l'intera vigna era costellata di macchioline
turchesi, cosí fitte e concentrate da tingere talvolta un'intera
foglia o mezzo grappolo. – E anca stavolta l'emm daa – bofon-
chiava il mio uomo, che rientrava nella legnaia-lavanderia per
sciacquare il proprio strumento e svuotare la vasca: la quale

tratteneva sulla sua superficie una gromma turchese che mi sembrava un delitto rimuovere, e che pure era regolarmente eliminata con una spatola metallica ed altra acqua. Il verderame! Per anni fui convinto che quel nome meraviglioso fosse la somma meccanica del rame del sifone e del verde della vigna: invece lo stesso rame ci entrava per il colore che assume quando è ossidato o, come avrei scoperto da grande, quando è in forma di acetato.

Guardando la vigna picchiettata di verderame un giorno fui ghermito da una domanda: com'era possibile che la tuta dell'uomo, sulla quale io stesso avevo appena visto cadere qualche gocciolina turchese dalle foglie, non fosse diventata con il tempo tutta una composizione di macchie, raggere, galassie di quello stesso colore? Terra e sangue di coniglio sí, ruggine, grasso di motore anche, calce, stucco, ma verderame no. E certo, il verderame si dà due volte all'anno, mentre con l'orto, le bestie e la casa c'era da fare ogni giorno: però... però se non altro dovevano esserci piú tute, cosa che il mio pensiero non riusciva ad accettare perché in relazione ad un essere come quello implicava una frivolezza imbarazzante: piú tute, tutte però uguali come le scarpe di quei lord inglesi che se ne fanno fare dodici paia alla volta... E chi lavava via il verderame, lui stesso o qualche donnina del paese?

La risposta, per la crudeltà del destino, arrivò poco tempo dopo, come se i dolorosi fatti che vi erano congiunti fossero stati innescati dal mio stesso dubbio.

Si era all'inizio di agosto, quando gli acini d'uva in procinto di maturare chiedevano la seconda passata di verderame. Come al solito i nonni stavano chiusi in qualche punto della casa. Si apre il cancello e lo vedo: dovrebbe tagliare per il prato in direzione della legnaia, invece fa un giro piú lungo costeggiando il muro dietro gli abeti: ma quando riesce allo spiazzo davanti al fienile non può piú nascondersi, nascondere, dico, la straordinaria novità della sua tuta beige-kaki, di quel punto cromatico che è piú precisamente il *noisette*, e che da nonne e zie non ho mai sentito designare altro che per «un bel noasetino». Cosí vestito sembra un soldato inglese, con il sifone sarà un perfetto sminatore. Si accorge della mia presenza, però, e si volta.

– Michelín?
– Sono io.
– Michelín, la va minga.
– Perché?
– Mi adess voo a fà 'l verderam, giüsta?
– Sí.
– Poeu voo a dàghel a l'üga, giüsta?
– Giusto.
– Giusto 'n cass, vacaboia!
– Perché?
– Se pò dà 'l verderam cunsciaa inscí? Culúr de la merda?
– Veramente a me sembra un bel noasetino…
– Noasetin sti ciapp! Mi dagh el verderam ghel doo, ma poeu? Quand rivi a cà?

E mi spiega: da due giorni sta cercando disperatamente le sue tute blu ma non ricorda dove le ha messe. Eppure la sua casa è piccola, anche volendo non ci si potrebbe nascondere nulla… Dunque non sa che pensare… Anzi lo sa fin troppo e ne è terrorizzato, perché si tratta di qualcosa che prima o poi ha colpito tutti i suoi antenati come una maledizione.

– Michelín, sunt adree a perd la memoria.

Unita a una lagrima che gli sgorga da un occhio semichiuso, questa frase mi lascia basito. Egli del resto non mi dà tempo e si sottrae alla mia vista entrando in legnaia. Per la prima volta non lo seguo e lascio che prepari il verderame da solo.

Antenati... Dunque quell'uomo non era pura natura naturata, inconsapevole goccia nell'oceano della materia vivente: ma sapeva una storia entro cui aveva un posto, la sua visione del mondo non si fermava all'immediata esperienza ma si slontanava in profondità e in prospettiva... Per un verso quest'idea mi contrariava, perché un mostro con l'albero genealogico era una cosa ridicola, per un altro verso mi seduceva, perché mi dava modo di indugiare sul concetto di tara ereditaria, concetto a me carissimo perché all'intersezione delle idee di tabe, di degenerazione e di maledizione. Ogni figlio piú mostruoso del padre, ma piú mostruoso di tutti il capostipite perché capace di infettare tutte le generazioni a venire... Una vicenda biblica e gotica insieme, darwiniana e lombrosiana: potevo ben dirlo anche nella mia giovane età, visto che i romanzi gotici erano stati il mio primo pane, la Bibbia l'avevo letta e cosí *L'origine delle specie*, e quanto a Lombroso mio padre me ne aveva sufficientemente edotto una volta che trovai il coraggio di chiedergli perché mai, ogni volta che incontrava qualcuno da lui ritenuto un deficiente (cioè il 99% dell'umanità), si allontanasse bofonchiando quel nome, che io interpretavo come «l'ombroso». Anche *Uomini e topi* avevo letto, subito prestando a Lennie il sembiante del mio contadino, e si può dire che questo completasse il quadro.

Dunque la tara era di natura amnestica, e la sua scoperta, o quantomeno la sua confessione, era legata alle tute blu che non si trovavano. Chissà quante altre avvisaglie c'erano state, prima che si decidesse al gran passo: un gran passo, sí, perché era evidente che confidare quel segreto a un ragazzino equivaleva per l'uomo membruto a una richiesta di soccorso; di piú, a mettersi nelle sue mani. Mi dissi che per rivolgersi a me doveva essere davvero solo, ma mi lusingavo all'idea che in me avesse intuito lo spirito piú fraterno e congeniale di tutto il paese. Non ero forse un cultore di mostri, disposto con ogni mia fibra a farmeli amici, a capirli, ad amarli?

Il giorno successivo a quella conversazione ricomparve in tuta blu: dunque l'amnesia era stata di breve durata. Gli corsi incontro per felicitarmi ma ancor prima di raggiungerlo capii quanto fossi in errore. Era pallido come non l'avevo mai visto, e su quel pallore il viola della voglia e l'intrico delle vene spiccavano con grafica impietà. E soprattutto non aveva sputato appena varcato il cancello, cosa che da anni mi obbligava a guadagnare l'uscita di sguincio pur di evitare il tratto d'erba contaminato.

– Michelín! – mi disse con la voce di uno che sta per piangere.

– Sí?

– Michelín, mi, com'è che me ciami?

Non volevo credere che la tara galoppasse a quella velocità, per cui tacqui.

– El mè nomm sacrabissa, come diaul me ciami, mi?

– Felice.

– Felis... mi?

– Felice, sí.

– Varda un po', credevi de ciamamm Danilo...

– E perché proprio Danilo?

– Parchè gh'è i manifest par tücc i cantún, Danilo Goretti e la sua orchestra, stasira a Bress de Béder e dumàn a Germignaga.

Quella passività quasi camaleontica mi diede immediatamente un'idea. Si doveva trovare qualcosa – qualcosa di oggettivo e concreto – che al bisogno gli ricordasse la parola o l'idea dimenticata. Felice, felicità... ma felicità era astratto (sempre che poi esista), ci voleva qualcosa di piú evidente e immediato, qualcosa che provocasse un'associazione automatica anche attraverso il suono, un gioco di parole... Qui la mia annoiata esperienza di lettore di annate ingiallite della «Settimana enigmistica» mi soccorse con la cosa piú adatta di tutto il vocabolario e di tutto il regno vegetale: la felce, l'incontenibile pianta che ogni orticultore del Varesotto piú aborre insieme alla robinia e al bambú. Cosí senza pensar bene a quello che stavo facendo corsi dietro il larice dove le felci erano enormi, ne svelsi una e gliela portai.

– Questa la attacchi al muro di fianco al letto, cosí se quando ti svegli ti sei dimenticato il tuo nome la guardi e te lo ricordi: basta aggiungerci una i!

– Una i...

– Sí, felce, felice!

– A 'nduinà che sta pianta boiassa la vegniva bona ghe vuleva 'na stria...

– E tu fai finta che sia la felce, la strega. La interroghi e lei ti risponde, solo a te risponde, solo per te quel che dice ha un senso.

– Te voeuret dí un quaicoss dumà par mi?

– Esattamente, per te e te soltanto.

– Vacaboia, i felc!

– In cambio però mi devi promettere che non ucciderai piú le lumache.

– Ma iin frances, sti lümàgh de merda.

– Lo so, ma son sempre animalini innocenti.

– Innocent un cass, con tücc i latügh che se magnen!

– La lattuga non ti aiuta, la felce sí.

E con questa frase pronunciata in mala fede ottenni l'immunità per tutti i gasteropodi dalla bava iridescente. La ottenni per una settimana, finché una mattina, incaricato dalla nonna, andai nell'orto a cogliere un po' di cicoria. Ovunque, fra i cespi di lattuga, di cicoria e di catalogna, intristivano le spoglie dimezzate delle lumache rosse. Due giorni prima c'era stato un lungo temporale, cosí le bestiole dovevano essere uscite in massa allo scoperto. Ma perché quell'eccidio? Perché tanta rabbia, dopo il nostro accordo? Alcune erano state colpite dalla vanga dove si trovavano, cosí con il loro corpo era stato diviso in due anche il cespo d'insalata su cui stavano passeggiando; ed altre presentavano ferite imprecise, come se nel suo furore il Felice avesse perso l'infallibile mira.

Lo attesi al varco fremente d'indignazione, ma quando apparve era piú indignato di me.

– Vadavialcü i tò felciass! – disse solo, e proseguí verso il fienile.

– Ma avevi promesso! Le lumache! – gridai correndogli dietro.

– Prumèss, prumèss... e se m'eri smentegaa de la prumessa, cara el mè fioeu? Mi podi smentegamm de tütt, tel savevet no? – e rise sguaiatamente mostrando i suoi sette denti anneriti. Pure lo spiritoso, faceva.

– Non te l'eri dimenticato, avevi promesso e te lo ricordavi! – insistetti.

– Bòn, ma quella felciassa de merda la m'ha ciapaa par i fondej.

– Perché, ti eri dimenticato ancora come ti chiami?

– Ghe'l soo com'è che me ciami, g'hoo minga besogn d'una pianta! L'è 'l cess ch'el se truvava no!

– Come il cesso?

– L'olter dí me sun dessedaa cun l'ürgensa de fà 'na pissada, ma 'na pissada... E 'l bell l'era che savevi no induve l'era el cess! Inscí l'hoo cercaa de partütt, sto cess de merda, e intant vardavi la felc tacada sü al mür e ghe disevi de jutamm, ghe mettevi sta i, ghe la tiravi via, ghe la rimettevi ma el cess el saltava foeura no, inscí a forsa de cercall me sun pissaa adoss, sanguanun d'un lader!

– Ma il tuo cesso non è in casa, è fuori, sul ballatoio! Com'hai fatto da allora?

Strizzò gli occhi sorridendo con aria di complicità: – In del voster praa, pissà e cagà! – e rise.

– Felice, cerca di capire: la felce era per il nome, per il cesso ci vuole qualcos'altro.

– Oh bela, se dumàn me smenteghi 'nduve l'è 'l curtell ghe voeur un olter quaicoss par el curtell?

– Proprio cosí, ad ogni cosa il suo aiuto.

Non sapevo, con quelle parole, per quale via mi mettevo.

I mesi successivi inflissero un'accelerazione spaventosa alla tara del Felice. Ben presto si arrivò al punto che non passava giorno senza un nuovo vuoto mentale: era come se per lui il mondo si rimpicciolisse a poco a poco perdendo i suoi pezzi, pezzi che erano cose, che erano parole, che erano luoghi, che erano ricordi. A volte sapeva di cosa si parlava ma non riusciva a ricordarsene il nome: cosí la lattuga diventava l'insalata tenera, la cicoria l'insalata amara e la catalogna quella ancora piú amara. A volte tratteneva il nome come un flatus senza senso, e mi chiedeva cosa fosse una vanga, cosa volesse dire quel «vacaboia» che gli si formava in continuazione nella bocca. Altre volte riteneva cosa e parola, ma come per il cesso non sapeva piú ritrovarla. Quanto ai ricordi, la loro distruzione doveva procedere a ritmi devastanti, perché per una circostanza di cui avvertiva la scomparsa chissà quante ce n'erano che, proprio per il fatto di dileguarsi, non lasciavano segni né sospetti. Povero Felice! Pensavo a lui come all'opposto della statua di Condillac, da individuo completo (benché mostro) a mero simulacro di uomo. Era chiaro che il processo era irreversibile: però potevo aiutarlo ad arrangiarsi, a tenere celata la sua malattia agli altri e soprattutto a mio nonno, che non avrebbe esitato a licenziarlo con la spietatezza di un proprietario terriero di Dickens. Egli poi si attaccava a me con tanta fiducia che non potevo esimermi: d'altronde, si è mai dato qualcosa di piú irresistibile di un mostro che ti chiede aiuto?

Cosí in poco tempo il suo abituro, al quale finalmente ero stato ammesso, si riempí di segnali-memento ai quali, una volta capito il funzionamento generale della macchina, ricorreva quasi sempre con profitto. *Quasi*: perché, ed era una suprema jattura, capitava che di tanto in tanto, nonostante il breve tempo intercorso, si scordasse del giusto abbinamento e interrogasse un segnale che riguardava tutt'altro. E un altro fenomeno curioso si dava, che dimenticando la funzione propedeutica del segnale ma non il suo significato, egli tendesse direttamente a sostituirlo alla cosa segnalata, investendolo cosí di *tutto* il significato: in questo modo mi disse un giorno di chiamarsi «l'omm di felc», e un altro giorno, correndo a casa sua, mi informò che doveva andare «dai cartej»: ci misi un po' a capire che aveva in mente le due frecce nere che gli avevo disegnato una dentro casa e una sul ballatoio per indicargli la via del gabinetto.

Disguidi di questo genere dovevano prima o poi insospettire mio nonno. La prima volta fu quando il Felice gli chiese se doveva seminare altro latte: solo tre giorni prima, per aiutarlo a ricordarsi il nome della lattuga, gli avevo suggerito di pensare al latte, aggiungendo che non era un'associazione arbitraria ma che la lattuga si chiamava cosí proprio per via della lattescenza che ne geme al taglio del cespo. In quell'occasione ricordo anche che mi sorprese per la sua intuizione della vertigine transitiva che avrebbe minato i fondamenti del sistema: – Alura anca el figh acerb el g'ha el lacc, e i tett di donn, di vacch, di caver, però podi minga pensà semper al lacc, vacaboia!

– No, ormai lo sai come funziona, per ogni cosa una cosa... per esempio, se hai dimenticato come si chiamano le tette pensa al tetto di una casa...

– Sí, e par el figh pensi a la figa!

Stava per sghignazzare, qui, invece si fermò all'inizio del ghigno e mantenendolo impostato nei muscoli facciali rimase con lo sguardo assorto. Ancora una volta stava per sorprendermi.

– O el sarà minga che se me smenteghi de la figa g'hoo de pensà a un figh?

– L'una cosa e l'altra, in effetti... come un'alleanza di due amici, quando uno è in difficoltà l'altro lo aiuta.

– Te fee prest, ti. E se me smenteghi de tütt, del figh e de la figa, del tecc e di tett, cosa foo alura?

– Senti... io credo che di certe cose fondamentali non ci
si possa dimenticare... del latte per esempio... o della stessa... di quell'altra cosa che hai detto...

– Ma se me sun smentegaa el mè nomm! Dimm se gh'è
quaicoss püssee impurtant del sò nomm!

– La... quell'altra cosa anche, mi sembra importante.

– Séntem mo fiulín, quanti ann te gh'ee?

– Tredici e mezzo.

– E a tredes ann se parla inscí? Ma ti te see cosa l'è 'na figa?

– No, cioè sí, ne ho sentito parlare...

– Ècula! Mi, che la figa la cugnussi, g'hoo besogn de ti
che te la cugnussi no par recurdà 'me l'è fada!

– Non com'è fatta, perché questo non saprei mai dirtelo,
ma solo come si chiama. Per questo l'immagine di un fico può
essere utile.

– E se mi voeuri savè propi com'è l'è fada, de denter e de
foeura?

– Allora devi recuperare i tuoi ricordi, ricordare le donne
con cui sei stato, i loro nomi... questo sei ancora in grado di
farlo, vero?

– Mah! La prima tusa che g'hoo faa l'amur la se ciamava
Marisa...

– E allora?

– Me recordi dumà el cü, propi un gran cü, e che l'era mo-
ra. Poeu basta.

– E altre?

– Eh, altri! Trii o quater, cosa te credet?

– Ma insomma 'sta... 'sta figa?

– Eh, gran cosa la figa, chi ghe capiss quaicoss... mi, g'hoo
capii mai nagott.

– Ma qualcosa ti ricorderai...

– Boh... famm pensà... mi seri lí cunt el bigul de foeura... Oè, ma podi fà sti discurs a un fioeu de la tua età?

– Puoi, puoi... devi!

– Bòn! Mi seri lí, e la Gianvieva l'era là a gamb avert...
a gamb avert...

– E allora?

– Alura finis! Me recordi pü un cass d'un cass, vacaboiassa d'un diaul de l'ostrega!

– Quindi avevo indovinato, quando avevo fatto l'esempio del fico...

– Induinaa, 'nduinaa, cuntent? Tant, adess, cosa podi fà cunt una figa... Mi sun tropp vecc, e ti, ti te see tropp giuin.

Ci avvitavamo cosí, in sterili discussioni che avevano dell'accademico. D'altronde, poteva andare diversamente tra un ragazzino totalmente inesperto della vita e un vecchio semianalfabeta? Ma c'era la malattia, anzi «la tara», e io mi accorgevo che quell'argomento gli premeva, quasi lo affascinava. Dunque a rischio di essere saccente dovevo proseguire nella mia opera maieutica.

Incominciai ad assegnargli dei compiti. Ogni sera, mentre innaffiava l'orto, operazione che richiedeva piú di un'ora, lo interrogavo. Le mie domande riguardavano sia cose di cui si era dimenticato e per le quali gli avevo fornito altrettanti memento materiali o mentali, sia cose qualsiasi al fine di sondare i progressi del suo male. Per quel che riguarda il primo ordine di domande mi accorsi presto che i soccorsi materiali erano molto piú redditizi di quelli mentali, al punto che giunsi a fornirgli oggetti di dimensioni molto limitate in modo che potesse portarseli sempre con sé nelle capaci tasche delle sue tute. Le mie interrogazioni prendevano cosí la forma di una azzardosa ricerca in quelle tasche.

– Allora, come si chiama questo paese?

E lui, mentre con la destra impugnava la canna dirigendo il getto d'acqua sulle insalate, con la sinistra si frugava nelle tasche e nei taschini rigonfi di oggetti. Tirava fuori un elefantino di plastica, lo considerava qualche istante poi lo rimetteva al suo posto, frugava ancora e ne ritraeva una figurina Panini, mi guardava come per trarne un consenso ma io scuotevo il capo perché si trattava oltretutto di Tumburus, poi si faceva prendere dall'ansia ed estraeva tre o quattro oggetti per volta, e io dalla disapprovazione nemmeno scuotevo il capo... Alla fine trovava la cosa giusta, il bambinello del presepe, l'immagine della Nascita, e allora...

– Nasca! – gridava, e in quel grido di gioia si fondevano l'appartenenza geografica e la fede, il Varesotto e la Palestina. Quanto al mio nome, gli avevo regalato un gallo di plastica perché quand'ero un bambino mi cantava sempre la canzoncina *San Michele aveva un gallo*. L'espediente rischiò però di avere conseguenze disastrose, perché un giorno che decise di uccidere il gallo si presentò a mio nonno annunciandogli di avermi ammazzato. – G'hoo cupaa el Michelín – gli disse con le mani sgocciolanti di sangue, perché è noto che ai polli le donne tirano il collo mentre gli uomini li decapitano, e per fortuna che mio nonno un po' era sordo e un po' svanito per l'età, perché altrimenti non so cosa sarebbe potuto succedere.

Inconvenienti comunque si verificavano di continuo. Un giorno lo vedo arrivare gonfio e imbottito come se la sua tuta fosse stata insufflata d'aria compressa: strane macchie brune rendevano piú scuro il blu in corrispondenza di tasche e taschini.

– Cos'hai fatto?

– Hi hi... sssht... díghel no a nissün, ma mi sun pien de donn – e nel dirlo svuotò sul prato decine di fichi ormai spiaccicati che aveva stipato nelle tasche come altrettante vagine di odalische: e, cosa che mi commosse e insieme mi turbò, inserito dentro uno di questi fichi c'era il mio galletto di plastica, perché «con tücc sti donn vulevi che anca el mè Michelín se divartiva».

Preso da questa febbre, tendeva a investire qualsiasi cosa di altri significati, come se il mondo, che fino a poco prima gli si stava restringendo attorno, avesse incominciato a riespandersi: uomo medioevale nel suo simbolismo, uomo antichissimo nel suo pansimbolismo, egli cresceva sotto i miei occhi, dimostrazione vivente di quanto la natura sia piú grande della storia. Me ne resi conto quando venne a ispezionare il nostro tetto, che da tempo immemorabile non teneva la pioggia. Per salire nel sottotetto bisognava fare due piani di scale, e non ci fu cosa, in quella salita, che non gli parlasse d'altro.

– El basel – esordí mettendo lo scarpone sul primo gradino di pietra, – el g'ha una granda utilità, parchè te dis che poeu ghe n'è un olter, de basel: se no te borlaría giò 'me 'n salamm.

– In effetti... – commentai sentendomi stupidissimo.

Lungo la parete della prima rampa erano appese delle stampe di soggetto mitologico. Passandoci accanto, senza nemmeno guardarle, sentenziò: – I quader serven ai sciur par

recurdagh che iin sciur –. Fulminato da quell'osservazione a
metà fra Lukács e Adorno, fui richiamato in basso dalla si-
militudine congiunta che seguí: – L'è l'istess de la barba, parchè a la matina te gh'ee besogn de un quaicoss che te dis se
ti te see un omm o una dona –. Lungo la seconda rampa c'e-
rano altre due stampe piene di macchie d'umidità: – L'ümid
el ne recorda par cosa semm vegnuu: par el tecc! – esclamò
soddisfatto, mentre giunto al primo pianerottolo rimase in-
terdetto di fronte a uno stendibiancheria tirato dentro per il
maltempo. Accennai a proseguire ma mi fermò con un braccio: era evidente che non voleva lasciare niente senza la sua
chiosa. Anzi dal suo atteggiamento sembrava che quella visita in casa nostra fosse per lui una specie di esame.
    – Quest chí l'è un stendín, poca ma següra… chí gh'emm
tri müdand, quater calsett… una camisa… vacabissa ghe rivi minga! Poeu gh'emm di mulett, vüna, dü, trii, quater…
noeuf… sedes mulett, bòn! G'hoo de fà quaicoss d'impurtant el sedes de sto mes, mi? Me par de no… Mument! I mulett tacaa ai vestii iin vott, quii che penden tacaa ai fil olter
vott, el vott… ècula! el vott g'hoo de andà a la posta par el
süssidi!
    Era cosí convinto che non ebbi il coraggio di dirgli che in
quel modo sarebbe potuto giungere a qualsiasi altra conclusione che tenesse conto della forma o del colore degli indumenti, della loro disposizione o appartenenza ai diversi mem-
bri della famiglia, o che con le stesse mollette passasse attraverso ogni tipo di operazione aritmetica. Non ebbi il coraggio,
ma avevamo appena ripreso la salita che affrontò lui stesso il
demone della desemantizzazione.
    – Però… damm a trà, i mulett iin dür, vera?
    – Certo.
    – E alura parchè se ciamen mulett? E adess che ghe pen-
si, se ciamen minga moll anca quij del camin?
    – Sí, ma molle dipende dalla flessibilità dello strumento,
credo, non dalla consistenza del ferro…
    – Capissi el muletún del lecc, ma un arnes de fer…
    – Felice, non devi far tornare tutti i conti, se no impazzi-
sci. Ci sono cose che non ci devono interessare, tu limitati a
quello che ti serve e che hai stabilito tu.

Sapevo che la questione dell'arbitrarietà avrebbe prodotto crepacci spaventosi, e non mi sbagliavo.

– Ma se 'l decidi mi, el sens, podi anca sbajamm, no?

– No, perché non ci dobbiamo preoccupare della storia delle cose e delle parole, dobbiamo usarle solo per il nostro comodo.

– Alura parchè par famm recurdà che me ciami Felis te m'ee daa minga n'urtiga?

– Perché qualcosa che ti ricordi la cosa da ricordare ci vuole, ma è qualcosa che ci metti tu. Se uno che si chiama Riccardo vede una felce mica si ricorda il suo nome, ti pare?

Rimase perplesso e inespressivo, ma io sapevo che il suo sforzo intellettuale era pari a quello di Bacone quando concepiva il *Novum Organum*.

– L'urtiga se ciama inscí par via de l'ort, gh'è minga besogn de ciamass Felis par capill.

– Sbagliato, perché l'ortica, se l'orto è tenuto bene, cresce dappertutto tranne che nell'orto. Non farti impressionare dalla somiglianza dei suoni.

– Ma se te see staa ti a dimm che i sonn pudeven jutamm a recurdamm i coss! Mi capissi pü un cass, sacranun d'un boia!

– I suoni li associ come vuoi tu, tutto lo associ come vuoi tu, purché funzioni.

Mezz'ora piú tardi, mentre dalla vita in su era nel sottotetto e io gli reggevo la scala, mi pose un altro quesito. Con un brivido mi chiesi se il suo cervello stesse lavorando cosí dal momento in cui gli avevo dato la felce.

– Michelín?

La sua voce mi giungeva dalla botola, quasi interamente occupata dai suoi fianchi. Se alzavo lo sguardo vedevo il suo enorme sedere fasciato di blu stinto.

– Sí?

– Cagà l'è no una bela cosa, però l'è una cosa de impurtansa, parchè a cagà no se finiss a s'ciupà.

– Effettivamente...

– Alura l'è impurtant anca el cess, de men, parchè se pò cagà anca in di praa, ma impurtant l'è impurtant: par quest gh'era besogn di cartej, a cà mia, parchè in quij mument ti te gh'ee minga el temp de stà lí a giügà cunt i letter e cunt i nomm: curr, e via!

I suoi «alura» e «par quest» avevano il valore perentorio e indiscutibile di un *ergo* aristotelico: ma io sapevo che preparavano un'obiezione.

– Però perd la memoria voeur minga dí dumà smentegass di coss, voeur anca dí smentegass di record, e gh'iin di record püssee impurtant del cess...

Stavo zitto, non so se per rispetto o per viltà.

– El mè papà, par esempi, mi soo dí no che faccia el gh'aveva, capissi? la faccia Michelín, la faccia del me papà!

Tacque un poco anche lui mentre grattava con un ferro sotto i coppi, poi ricominciò piú agitato.

– Ma par la faccia podi minga mett di cartej in de la memoria, boiabestia, podi no! E alura?

– Felice, le frecce servono solo a indicare un luogo preciso della realtà.

– Parchè, el mè papà l'è no vera?

– Sí ma è morto, non è piú da nessuna parte oppure è in tutte, fondamentalmente è nella tua testa...

– E la mia testa, l'è minga vera anca lee?

– Sí, ma le cose che ci sono dentro sono come fantasmi, ci sono ma non hanno corpo, non hanno luogo, quindi bisogna trovare gli aiuti adatti a ritrovarli.

– Pütost che a ritrovall, a tegnil ferm, parchè ogni tant me torna in ment precis spüdaa, el mè papà, ma quand ghe voeur lü, e se provi a fermall, adio! el me scapa via.

Quando scese, mentre si spazzolava via la polvere dalla tuta con vigorose manate, feci un altro passo per quella rischiosissima strada.

– Senti, quest'anno a scuola abbiamo letto un racconto ricavato dalla vita di un famoso scultore che si chiamava Benvenuto Cellini. Il racconto si intitolava *Una salamandra istruttiva*, tu di salamandre ne avrai viste tante, no? ma a quei tempi, centinaia di anni fa, ce n'erano pochissime, e soprattutto la gente credeva che si nutrissero di fuoco e che il fuoco non le potesse bruciare... un giorno il piccolo Benvenuto, che avrà avuto cinque anni, viene chiamato di corsa da suo padre davanti al camino acceso: «Guarda!» gli fa il padre indicandogli una salamandra nel fuoco, e gli dà un tremendo schiaffone; poi, mentre il bambino piange, gli spiega che siccome per la sua giovanissima età correva il rischio di dimenticarsi di quell'evento straordinario, lui era stato costretto a dargli quello schiaffone perché l'episodio gli si fissasse in mente per tutta la vita... Capisci? Quell'inspiegabile e ingiusta percossa fu la cassaforte che conservò il ricordo, tant'è vero che mezzo secolo dopo Benvenuto incominciò la sua autobiografia partendo proprio da quella salamandra.

– Ma gh'era no el pericul che a ogni s'ciafún Benvegnuu se recurdass di salamander?

– Forse, intanto però ha funzionato. Quindi la prossima volta che ti torna in mente il volto di tuo padre dovrai farti qualcosa del genere.

– Un s'ciafún?

– Ma no, dandotelo da te non avresti la mortificazione e lo stupore che provò Benvenuto, ci vuole qualcosa di piú forte...

– Com'un ciod?

– Ma sei pazzo?

– Varda che 'l mè papà... el mè papà l'è impurtant.

Si mise a piagnucolare, uno spettacolo che non potevo sopportare.

– Per tutti è importante il papà, Felice.

– Ma par mi l'è püssee impurtant, t'ee capii? Püssee, porch d'un boiacc lader!

Perché suo padre doveva essere piú importante per lui che per un altro? Potevo rispondermi con l'ovvia constatazione per cui, nel bene o nel male, per ogni maschio il proprio padre è la figura piú importante del mondo? Non potevo. E non potevo perché nella sua protesta avevo colto una sfumatura analogica: lo sapeva benissimo che ognuno ha il suo, di padre, e che per tutti è insostituibile; quello che stava dicendomi è che, in proporzione, per come si era svolta la sua vita, la figura del padre, o meglio la sua memoria, aveva un peso che non aveva in tante altre vite, forse nemmeno nella mia...

Sono nella sua casa, formata da un solo locale e da un balconcino che dà verso il nostro podere. Sul lato opposto si apre la porta d'ingresso, per la quale, come già sappiamo, si accede al gabinetto sul ballatoio; un gabinetto che per sua fortuna il Felice non deve dividere con nessuno, gli altri appartamenti e corpi della casa essendo adibiti a stalle, fienili e magazzini.

Sulle pareti non è rimasto uno spazio libero piú grande di una cartolina: tutto il resto è stato a poco a poco invaso da cartigli e da oggetti, quando non siano segni tracciati direttamente sull'intonaco. Chi entrasse in questa stanza ne avrebbe l'impressione di un riempimento casuale e compulsivo, come per una specie di horror vacui: solo noi due sappiamo invece quanta ponderazione abbia richiesto ogni singolo elemento, e quanto angosciante sia stata la lotta con l'esiguità dello spazio disponibile. I primi memento sono stati suggeriti da me: dalla fatidica felce e dalle famose frecce evacuatorie allo sviluppo bidimensionale di una confezione di latte che doveva ricordargli il nome della lattuga; dal bambin Gesú che suggeriva il nome del paese al galletto che rinviava al mio, di nome; da un'aurora in cartolina che doveva ricordargli essere Aurelio il nome di suo padre a un fico secco turco che in assenza dell'oggetto poteva almeno ricordargliene il nome a una spiga d'orzo che nei nostri voti poteva tornar buona al momento di farsi un'orzata; eccetera. Ma tutto il resto era suo, nel senso che dopo una ventina di incollamenti o inchiodamenti di oggetti sulle sue pareti decise di far da solo. Le prime volte lo sorvegliavo e mio malgrado dovevo correggerlo perché la sua tendenza era quella di

far corrispondere la cosa con la cosa, la *stessa* cosa: era stato
alla Festa dell'Unità a Porto Valtravaglia e gli erano piaciu-
te le salsicce? Il giorno dopo una di quelle salsicce, ancora
unta ma già rinsecchita, faceva mostra di sé inchiodata alla
parete.

– Ma non funziona cosí, la mnemotecnica! – mi lasciai
scappare incautamente.

– Memotènnica un cass! Te see staa ti a famm 'na crapa
inscí cun sta storia di segnn! E alura voeuri savè parchè una
salciccia la pò vess minga la manera giüsta par recurdass di
salcicc!

– Perché se hai bisogno di farti tornare in mente una salsiccia vuol dire che in quel momento non lo sai piú, cos'è una
salsiccia, cosí anche se la vedi appesa al muro non ti dice niente, un bel niente di niente! Oppure sai cos'è la salsiccia ma
non sai piú come si chiama, e averla sul muro ugualmente non
ti aiuta.

– E alura?

– E allora ci vuole qualcosa di obliquo, qualcosa che ti ag-
giri, e ti faccia arrivare alla salsiccia per una strada che nemmeno ti immagini.

– L'è quest che t'insegnen a scoeula, Michelín?

– Ma certo che no! O forse... e se anche fosse, ti farebbe schifo?

– Mi soo che a parlà con ti una volta me par de capí tüsscoss,
e un'altra volta me par de capí nagott.

– È la regola, quando si studia: e tu adesso stai studiando
per non perdere la memoria.

– Bòn! Dimm ti alura cosa duvevi tacà sü al mür al post
de la salciccia.

– A parte che una salsiccia dopo un po' marcisce e si riem-
pie di vermi e di larve, se volevi ricordarti di quanto t'era
piaciuta quella festa potevi metterci una falce e martello.

– Falc e martell? Ma mi sun minga comunista!

– Però vai alle feste dell'Unità, e ti piacciono.

– Quand se trata de magnà se sta no a vardà a la politega.

– Benissimo: falce e martello per te è una salsiccia e solo
una salsiccia: quindi mettila.

Cosí vedevo quell'essere informe e butterato prendere un

tizzo spento dal camino e con quello vergare una rozza falce e martello sul muro della sua stanza: mentre era all'opera pensavo alla brutta e burocratica faccia di Togliatti, perché le facce sono facce e non mentono, e se c'era uno che aveva una faccia democristiana era Togliatti. Del resto, una volta che chiesi al mio mostro se i nomi di Palmiro e di Alcide gli dicessero qualcosa, mi rispose di no: e quando aggiunse con aria colpevole se era grave e se doveva attaccare qualcosa al muro per ricordarsene io gli dissi che non era necessario, e che anzi doveva prendere come una benedizione l'ignoranza di quei due nomi esotici.

– Garibaldi, piuttosto, quello sí che è stato un grand'uomo. Tu sai chi era Garibaldi?

– L'eroe di dü mund!

– Ecco, per quello che riguarda la politica facciamo che ci basta Garibaldi, d'accordo?

– D'acordissem! L'è staa anca ferii a una gamba, poer Garibaldi!

Cosí ci accordammo per essere entrambi garibaldini, e la salsiccia purulenta poté essere sostituita dalla falce e martello. Mostri, potevo tollerarne fino all'estreme esperienze dell'immaginazione, ma mostri democristiani no. Eravamo nel 1969, io ero innamorato di Nada ma mi smungevo pensando a Sylvie Vartan, a Madrid il Milan vinceva quattro a uno contro l'Ajax di Cruijff con tre reti di Prati e poco dopo vinceva la Coppa Intercontinentale dopo una battaglia con l'Estudiantes che mi lasciò per sempre l'immagine eroica dell'occhio tumefatto di Nestor Combín detto *la foudre*. Ma prima di tutto, il 1969 era l'anno del mostro.

Il quale, il giorno dopo quella conversazione, mi lasciò ammirato per due invenzioni. Intanto aveva sostituito il disegno della falce e martello con un vero falcetto e un vero martello, inchiodati attraverso i manici e poi appesi al muro: solo un anno prima mio padre aveva esposto una cosa simile alla Triennale di Milano. Poi, siccome evidentemente la questione della salsiccia aveva continuato a occuparlo, aveva appeso un ritaglio dell'«Europeo» raffigurante Lisbeth Dunning, la donna piú grassa del mondo, e sopra ci aveva incollato un po' di grani di sale grosso.

– Sarebbe?

– Sal, ciccia: salciccia!

– Vedi che fai progressi? Bravo!

– Alura, vist che sun staa braav, podi massà dü o trii
lümàgh?

– No, i patti son patti.

– Ma dumà quij frances!

– No, le lumache son sempre lumache. E poi perché ce
l'hai tanto con quelle francesi? Anche le italiane te la mangiano, l'insalata!

– A part che magnamm i saladd, se propi, preferissi che i
magnen i noster fradej, gh'è... gh'è che c'entren cunt el mè
papà, i frances.

– Le lumache italiane nostri fratelli?! Ma cosa stai dicendo? Tutti gli animali sono nostri fratelli, tutti! E poi credi
davvero che queste lumache rosse vengano dalla Francia in
pellegrinaggio? Non lo capisci da te che nascono qui, e che
se mai un tempo sono arrivate dalla Francia ormai sono italiane? Anche la patata veniva dall'America, eppure la si col-
tiva in Italia da secoli e secoli...

– Mi no, sto magnà de tudesch!

– Però il caffè lo bevi, no?

– Dil gnanca par schers: che se 'l beven i negher!

– Ma gli arabi non sono negri.

– Fa l'istess!

– Ma insomma, cosa mangi tu, cosa bevi? Solo roba italiana? Guarda che l'autarchia è finita da un pezzo.

– Soo gnent mi d'autarchia. Mi me pias la spüma russa e
la spüma negra, el chinott, la cedrada, la gasosa, ma püssee
de tütt me pias el vin.

– Parli come un alpino.

– E alura? Te gh'ee de dí quaicoss cuntra i alpin?

– No no, per carità, ma... perché hai detto che i francesi
c'entrano con tuo padre?

– Braav el mè fioeu! Te see smentegaa che mi sunt adree
a perd la memoria?

– Quindi non lo sai piú, cosa c'entrano i francesi...

– Soo gnent del mè papà, te voeuret capill o no che me recordi nagott?

– Ma anche di tua madre mi sembra che tu non ricordi niente, e anche del resto della tua famiglia, tanto che non hai mai saputo dirmi se sei figlio unico o hai avuto dei fratelli o delle sorelle, e se sono vivi, dove vivono, cosa fanno, non ti ricordi niente di niente, ma non mi sembra che questo ti abbia mai preoccupato tanto. Tuo padre invece ti assilla, torna continuamente nei tuoi discorsi, e adesso si scopre pure che in qualche modo è la causa della tua guerra contro le lumache francesi!

– Frances de merda!

– Tutti i popoli sono di merda, a coglierne gli aspetti peggiori.

– Michelín.

Quando mi apostrofava di colpo cosí, senza relazione con le battute precedenti, sapevo che stava per tirar fuori qualcosa di importante, di doloroso e di covato a lungo.

– Sí?

– Segund ti, quant'ann g'hoo, mi?

– Cinquan... cinquantotto, massimo sessanta, perché?

– Primm, gh'emm de fissà la mia età, segund, gh'emm de fissà se 'l mè papà 'l pò vess ancamò vif o no.

– Ancora vivo?

Chiesi a mio nonno da quanto il Felice fosse al nostro servizio: risultò che quando la casa fu acquistata egli ne faceva idealmente già parte, e che il precedente proprietario, un signore russo di nome Kropoff, lo raccomandò come lavoratore onesto e capace, «da sempre» al suo servizio. A quell'altezza il prezioso factotum doveva avere già almeno una quarantina d'anni, quindi la mia idea che andasse per i sessanta era verosimile. Ma cosa significava «da sempre»? Da quando era in grado di lavorare o come trovatello? La seconda ipotesi poteva spiegare il fatto che a partire dall'interessato nessuno in paese ne conosceva il cognome: una visita al parroco non aiutò molto, perché nei registri delle nascite il nostro uomo non figurava, ciò che a sua volta poteva significare due cose: o non era nato a Nasca, o vi era nato in tali condizioni di scandalo e segretezza da non aver lasciato traccia ufficiale di sé. La copertura dei Kropoff, in tal caso, era stata decisiva, ma perché una famiglia di nobili russi fuggiti dalla madrepatria allo scoppio della rivoluzione si sarebbe presa questa briga, se non per coprire la tresca di un proprio rampollo con una popolana? Una popolana quasi sicuramente al loro servizio, visto che la gravidanza poté essere tenuta nascosta fra le mura di casa. Di *quella* casa, la mia! Immaginavo come poteva essere l'arredamento, che facce avessero quegli zaristi, e scoprii che anche questo era strano, che una famiglia cosí importante non avesse lasciato traccia di sé, non un ritratto, non un ricordo negli abitanti piú anziani. Che non uscissero mai dal cancello può essere plausibile, data la psicosi che ai fuoriusciti faceva vedere ovunque spie staliniste, ma che dentro casa non avessero lasciato neanche un cuc-

chiaino con una K sul manico era davvero singolare. Tantopiú che, come mi informò il nonno, la compravendita avvenne in tempi brevissimi, come se i Kropoff avessero una gran
fretta di sparire. Anzi, il giorno in cui i miei nonni vennero
a Nasca per le consegne ufficiali i Kropoff avevano già fatto
trasloco senza lasciare un recapito, e solo rimaneva a rappre-
sentarli il Felice. Chiesi al nonno se gli avesse dato l'impressione di essere un uomo abbandonato, ma mi rispose che al
di fuori della sua straordinaria bruttezza quell'essere non dava nessuna impressione. Mia nonna ne aveva persino un po'
paura, soprattutto quando quello rideva e spalancava una
bocca enorme intorno a quei pochi denti già marci. Per conto mio, tutto quello che ricordo dei primissimi tempi è che
associavo quell'uomo al viola: il viola della sua voglia di vino, il viola delle sue labbra di annegato, il viola delle venuzze che gli istoriavano il naso, il viola sotto le unghie quando
aveva fatto la vendemmia. Solo molti anni dopo, quando mi
fu permesso seguirlo nei suoi lavori, il suo colore divenne
quello del verderame, cosa che come un prodigio alchemico
lo rese improvvisamente meno brutto.

Naturalmente di tutte queste vicende avevo parlato con
lui piú volte, ma senza alcun costrutto. Di sua madre non solo non ricordava nulla, ma addirittura pretendeva non fosse
mai esistita. Di fronte all'obiezione che questo era tecnica-
mente impossibile si incassava nelle spalle protrudendo le labbra come a significare «Chi può dirlo?»; di fronte a un'altra
obiezione, e cioè che anche di suo padre non ricordava nulla, e che però non solo non dubitava della sua esistenza ma
anzi la considerava fondamentale per la sua vita, rispondeva
in due modi: o con l'evidenza del nome Aurelio, come se non
potesse trattarsi di un disguido o di una vera e propria paramnesia, o con la vecchia storia delle lumache francesi, contro le quali Aurelio sembrava aver combattuto una vera e propria crociata. O forse la crociata la combatteva solo lui, per
vendicare il padre da un affronto subito da qualche francese... russi... francesi... affronti e vendette... Ero ossessionato dal duello di Puškin con il vile d'Anthès, ma davvero
storie cosí leggendarie e dorate, davvero storie che apparte-
nevano ormai alla letteratura, e ad una letteratura antica, po-

tevano avere qualche nesso con il filisteo Varesotto, con il Comune di Castelveccana fra Laveno e Luino, con quella terra di vivaisti? E inoltre... letteratura per letteratura... se veramente il piccolo Felice era figlio di una serva dei Kropoff, e se questi non credettero opportuno dargli il proprio cognome, è inevitabile che fosse cresciuto con la madre, negli stambugi della servitú e in cucina, senza occasioni per avvicinare il padre e probabilmente senza nemmeno conoscerlo come padre: vivesse lí a Nasca con tutti gli altri Kropoff o se ne fosse andato per la sua strada, è piú che naturale immaginare che il mancato riconoscimento della creatura fosse totale, e che la povera serva fosse stata impegnata al piú rigoroso silenzio. Allora perché? Perché questa indistinta memoria di un padre assente e questo assoluto oblio di una madre presente? Era illogico, illogicissimo.

Provai a prenderla da un altro verso.

– Felice, qual è il primo lavoro che ricordi di aver fatto?

– El primm mestee? Pelà i patatt.

– E poi? Altri lavori?

– Fà la legna par i camin, dà de magnà ai gaijn, purtà el fen de sora, cambià i bumbul del Pibigas, fà la vendemia, strapà i erbasc, giüstà i tegul, fà la calcina, fà 'l verderam...

– Sí, ma questi sono lavori che hai fatto nel tempo, quando eri piú grande. Io dico il primissimo lavoro, quando eri proprio un bambino.

– Pelà i patatt.

– E non c'erano donne con te?

– Donn? Me par propi de no.

– Ma qualcuna che ti dava le patate doveva esserci, qualcuna che ti diceva quante pelarne, qualcuna che poi le metteva a cuocere, sarai mica stato sempre solo in cucina, no?

– Sí, me par propi de vess restaa semper in de par mi, mi e i patatt.

Dickens, un dilettante. Ma poteva essere la verità? Aurelio per esempio, poteva essere il nome di un nobile russo? Ne dubitavo assai. Forse era da lí che bisognava partire, dal nome.

Posto che il Felice non sapeva positivamente ricordare una sola volta in cui si fosse rivolto a suo padre con il nome di Aurelio, posto anzi che di suo padre non era in grado di recuperare nemmeno la piú vaga nozione, dovevo procedere per via formale e associativa. Lo invitai a chiudere gli occhi e a concentrarsi sulla parola «Aurelio», e a dirmi poi cosa gli fosse venuto in mente. La prima cosa fu naturalmente la cartolina con l'aurora, ma di quella ero responsabile io e dunque era un elemento senza valore. Insistetti perché provasse di nuovo: questa volta strizzò gli occhi come fanno i bambini quando appunto vogliono esibire il proprio assorbimento. Tese anche le labbra, schiarendone il viola. Poi parlò.

– Un bastiment.

Per quanto il mio interlocutore avesse molti piú anni di me, qualcosa mi diceva che bastimento era una parola ancora piú antica, di quelle che usavano i nostri nonni e bisnonni... Perché non aveva detto una nave, un battello?

– Pensaci bene, una nave, o un bastimento? – gli chiesi subdolamente.

– Un bastiment, se g'hoo ditt un bastiment!

Dunque era la parola, non la cosa... Sul Lago Maggiore, poi, dove piú del traghetto Laveno-Intra non si dava...

– Felice, conosci quel gioco che fa «È arrivato un bastimento carico carico di...»?

Scosse il testone.

– Che rassa de gioeugh l'è?

Adesso era la volta mia di concentrarmi. Bastimenti... bastimenti... dove poteva aver sentito quella parola, perché lo aveva colpito? Ma certo! Potevo arrivarci prima! *Santa Lucia luntana*, la struggente canzone!

– «Partono 'e bastimente / pe' terre assai luntane...», ti dice qualcosa?

Lo vidi irrigidirsi e come insospettirsi: avevo toccato un nervo. Scosse ancora il capo.

– Cerca di ricordare, fai uno sforzo! Non puoi non averla mai sentita!

– Se te disi de no...

Di colpo mi ricordai che ai miei nonni, per le loro nozze d'argento, mio zio aveva regalato anni prima un cofanetto con il meglio della canzone napoletana, e questo solo perché *Santa Lucia* era la canzone che mio nonno considerava tutt'uno con il proprio fidanzamento. Correre in biblioteca, trovare quel cofanetto della «Voce del Padrone» e il disco contenente la canzone desiderata, scendere in soggiorno e approfittando dell'assenza dei nonni accendere il grammofono fu affare di un attimo. Il Felice, convocato, ascoltava compunto tenendosi il berretto in mano.

– Allora? – gli chiesi finita la canzone.

Esitò, poi mi chiese di riascoltarla. E mentre la riascoltavamo vidi sulla copertina il nome di chi la cantava. «Roberto Murolo e altri» diceva il cofanetto, e infatti anche in quel disco il grande Murolo cantava quattordici canzoni su quindici. Tutte tranne *Santa Lucia*, cantata da Aurelio Fierro.

Dunque il nome di suo padre altro non era se non il portato di una canzone, il che faceva arretrare quel dubbio genitore in una zona d'ombra ancora piú incerta.

– Felice, ascoltami, tu una volta hai sentito questa canzone, forse da questo stesso disco, ti ha commosso e impressionato, e quando hai saputo che la cantava un certo Aurelio quel nome ti ha altrettanto impressionato e ti si è fissato in qualche punto della memoria. Poi, quando hai incominciato a non ricordarti piú le cose e hai inseguito il nome di tuo padre, ti sei fermato sul primo nome che hai trovato dentro di te.

– E alura?

– E allora tuo padre non si chiamava Aurelio.

– Següra?

– Sicuro.

– Che pecaa... che pecaa... – e accennò a piagnucolare.

– Ci tenevi tanto, che si chiamasse Aurelio?

– No l'è par quell... l'è che... un cantant napuletàn, che vergogna!

– Senti, se vuoi che andiamo d'accordo questi discorsi non li devi fare piú, hai capito?

– Capí capissi, però...

Esitò in preda a una profonda pena.

– Però... l'è minga che poeu el vegn foeura che 'l mè papà l'era un terún?

– Non credo, però non si può mai sapere... Tu vuoi sapere? E allora devi essere pronto a tutto. E poi, sii onesto, nel Varesotto si sono mai scritte canzoni belle come queste? Per

come la vedo io, se tu scoprissi che tuo padre era di Mergel-
lina avresti solo da essere contento.

   – Soo gnent, mi, di cansún napuletàn.

   – Però *Santa Lucia* la conoscevi.

   – Michelín.

   – Dimmi.

   – Mi soo una cosa che la sa nissün.

   – E dimmela allora.

   – Ma gnanca el tò nonn, la sa.

   – Meglio.

   – De fianch al fenil, de sora, gh'è una stansa.

   – Lo so, quella piena di attrezzi dove mi è sempre stato
proibito di andare.

   – Bòn: e cosa gh'è sul mür dedree?

   – I pezzi di un letto smontato.

   – E dedree al lecc?

   – Niente, credo...

Sorrise come solo i mostri piú evoluti sanno fare. Io già
fremevo perché questa volta sarebbe stato lui a trascinarmi
con sé fra le cose segrete.

Sono passati tre giorni da quel pomeriggio, e ancora non mi sono liberato dalla malía di ciò che vidi. Ma soprattutto so che voler aiutare il Felice è stata una presunzione che gli Dei hanno punito sprofondandomi in un abisso dove tutto è possibile e tutto reversibile.

Spostati i pezzi di quell'enorme letto matrimoniale che da sempre avevo visto smontato, apparve nel muro una porticina che sembrava progettata per farci passare un nano. Era chiusa, ma il Felice ne aveva la chiave! Già il fatto che non ne avesse mai fatto parola in tanti anni era singolare, ma che nello sfacelo della sua memoria avesse ritrovato una chiave verosimilmente mai usata dal momento in cui mio nonno acquistò il podere era ancora piú stupefacente. E dal modo in cui aprí quel portoncino capii anche che il mio smemorato, un uomo che da un giorno all'altro dimenticava il proprio nome o quello della lattuga, sapeva esattamente cosa avremmo trovato.

Lo sapeva talmente bene, che in quella tenebra odorosa di muffa e di salnitro puntò subito la luce della torcia nei punti precisi in cui andava puntata, senza inutili svolazzamenti. E i punti precisi corrispondevano al meglio che un ragazzino potesse vedere: tre scheletri! Meglio: tre scheletri in divisa da ss, una divisa che nonostante gli strappi e i buchi aveva mantenuto le ossa nella loro compagine e nell'ultima posizione dei defunti. Affascinato, sarei rimasto a guardare per ore se il Felice non mi avesse preso per un braccio e tirato via.

– Semm staa noialter a massaj – disse mentre rimetteva a posto i pezzi del letto.

Non solo mostro, ma anche eroe!

– Voialtri chi?

– Mi, el Giuàn, e la Carmen.

La Carmen! La conoscevo! Una tranquilla massaia che mi sorrideva sempre quando la incrociavo in bicicletta!

E raccontò. Raccontò che quando l'esercito tedesco si stava ritirando arrivarono a Nasca quei tre sbandati, un ufficiale e due soldati; che saccheggiarono casa per casa prendendo a sberle la gente, e che quando il Piero, che era lo scemo del paese, non capí cosa volessero da lui, lo freddarono con due proiettili in testa lasciandolo in mezzo alla strada nel suo sangue; che a quel punto il Giuàn chiamò lui e la Carmen per preparare la trappola, e che i tre tedeschi ci cascarono come polli, bastò la parola «prosciutti» perché si lasciassero condurre in quello stanzino, dentro il quale vennero aggrediti a colpi di punteruolo e di falcetto, e lasciati lí chiusi a chiave perché finissero di morire dissanguati: cosa che fu verificata il giorno successivo, data in cui il portoncino fu aperto per l'ultima volta.

– E i Kropoff dov'erano, mentre succedeva tutto questo?

– Mi soo no, giò in cantina a pissass adoss, sconduu in di bosch, mi soo no.

– E non hanno saputo mai niente?

– Gnent de gnent, né i Kropoff né i tò nonn.

– E il Giovanni?

– El Giuàn l'è mort.

– E la Carmen?

– La Carmen la parla no.

– Tu ne hai ucciso uno?

– Vün par ün, i emm massaa.

– E tu come...

– Cunt el falciott, 'na sgarada al goss e via!

– Bravo, non sai quanto ti ammiri!

– Braav sí, vacaboia! Ma l'hoo faa minga par la patria, l'hoo faa par el Piero.

– Anch'io l'avrei fatto.

– Tas, tas, ti te see dumà un fioeu!

– E quando è successo tu non ricordi se tuo padre era vivo o morto, se c'era o non c'era, non ricordi niente?

Scosse la testa come un ippopotamo che si voglia sgrullare l'acqua dalle orecchie.

– E perché dopo tanto tempo mi avresti rivelato questo
segreto?

– Parchè fors el pudaría serví a truvà el mè papà.

– Tre cadaveri nazisti? Ne dubito. Se ti chiedo di immaginare tuo padre in divisa, ci riesci?

– Següra!

– E com'è questa divisa?

– Bela, oh se l'è bela! Primm, dü stivalún, ma de quij alti, fin desora el genoeugg... poeu di calsún bianch, strenc
com'i calsett di donn... poeu una giacca blu, ma lünga neh?
lünga de fianch e dedree, con dü arnes a forma de spàsula
sui spall... poeu una camisa bianca tütta ricamada... e
poeu... e poeu un capell stran, com'i culbacch di rüss, negher e lung... e poeu la spada! un spadún cürv tütt sberlu-
scent, mama che bell...

Mi stava descrivendo un ussaro o un dragone, o un ufficiale della Vecchia Guardia napoleonica... Ma da dove veniva quell'immagine? Solo una cosa era certa: in quel momento lui la stava *vedendo*.

– Dimmi una cosa: l'hai già visto in questo modo, tuo padre, o mi hai risposto cosí solo perché ti ho chiesto di imma-
ginartelo in divisa?

– L'hoo già vist inscí.

– Tante volte?

– Semper! L'è l'ünica manera de podè vedell.

– E me lo dici adesso?

– Se te mel dumandavet prima, tel disevi prima.

– Roba da matti! Dunque non ti ricordi la faccia ma la divisa sí!

Annuí con l'aria di uno cui il discorso non interessasse per
nulla.

– Non è che per caso è come per la storia di Aurelio Fierro, eh?

– Sarèv?

– Sarebbe che un giorno vedi un ufficiale dell'Ottocento
in una figurina Liebig e per qualche motivo associ quell'immagine a tuo padre. Come per la salamandra di Cellini, è sempre la stessa storia.

Per un attimo mi chiesi se fosse il caso di parlargli di Pavlov, ma al di là di qualche disordinata lettura non mi sentivo abbastanza attrezzato per tenergli una lezione sui riflessi condizionati. Certo *Le navi di Pavlov* era stato uno degli Urania piú appassionanti degli ultimi tempi... Mi chiesi anche se la storia del segreto mantenuto dal 1945 non fosse un'invenzione, nel senso che dopo un lungo oblio solo adesso egli si fosse risovvenuto di quell'episodio; oppure poteva trattarsi di vera paramnesia, avendo egli soltanto assistito all'azione di altri. Lo stanzino era comunque un effettivo stanzino segreto, e la chiave l'aveva lui. Quello che piú mi sconcertava, in ogni caso, era la continuità fra quei tedeschi e quell'ussaro, perché nella testa del mio paziente i ricordi non solo erano labili, ma erano transitivi. Puškin, Foscolo, Napoleone, la ritirata di Russia, i tedeschi, le canzoni napoletane, le lumache, la lattuga, tutto si teneva e tutto si implicava...

Domandai a mio nonno quali oggetti, in casa, fossero appartenuti ai Kropoff. Dopo diverse richieste di precisazione stabilii che dovevano corrispondere a non piú di un quinto del totale, visto che tutto il resto, altrettanto se non piú vetusto, era frutto della passione antiquaria del nonno: cosí la maggior parte delle stampe, dei peltri, dei libri d'arte, dei bicchieri di cristallo, dell'argenteria, degli avorii e delle giade, dei tappeti e delle cineserie doveva essere esclusa dalla recensio. Degli oggetti lasciati dai russi molti andavano egualmente esclusi, perché il loro ingombro e il loro peso ne avrebbe reso impossibile il trasporto dalla madrepatria, soprattutto in un momento di emergenza; e anche altri, benché piú maneggevoli, erano sicuramente già presenti in casa al loro arrivo, trattandosi di tipici manufatti della zona. È vero che il piccolo mostricino, se davvero era cresciuto in quella casa, non poteva distinguere fra oggetti pregressi e oggetti venuti dalla Russia, ma io credevo fermamente nell'energia che certe cose possono assorbire per restituirla poi in forme inaspettate: ed essendo intuitivo che quando si lascia la patria in fretta e furia disperando di tornarvi mai piú ci si preoccupa di portare con sé le cose piú care, quelle in cui piú si è investito sentimentalmente o che piú rappresentano ciò che si sta per perdere, ero fiducioso che se avessi individuata una di quelle cose io e lui ne avremmo ricevuto una specie di illuminazione. Quell'anno a scuola avevamo letto della fuga di Enea da Troia in fiamme, e io avevo imparato che i Lari rimangono sul luogo, mentre i Penati seguono la famiglia: ebbene ora dovevo mettere le mani sui Penati dei Kropoff.

I Penati dei Kropoff... Certo i piú preziosi dovevano averli seguiti anche nel successivo spostamento, ma mio nonno aveva insistito piú di una volta sulla fretta con cui erano partiti senza portare via quasi niente, quindi c'erano speranze che qualcosa di significativo fosse rimasto. Ma cosa? Diversi oggetti erano rimasti in mostra in soggiorno o in sala da pranzo, ma questo privilegio cosa significava se non che il gusto del nuovo padrone li aveva vampirizzati, come facevano gli antichi romani con le statue delle divinità dei popoli sottomessi? Quindi era probabile che l'energia immessavi dal nonno avesse se non sostituito quantomeno contaminato l'energia originaria; oppure poteva essere successo che quegli oggetti, cosí umiliati e intristiti, avessero a poco a poco perso tutta la carica di cui erano stati investiti...

Cosí preferii non interrogare quell'abbrunito portapasticche d'argento né quell'iconcina di San Cirillo né quell'ampolla d'alabastro: lusso che potevo permettermi perché sapevo che pochissimo tempo dopo il suo insediamento mio nonno aveva preso il grosso del lascito kropoffiano per scaraventarlo nella stanza della frutta. Ed era fra quei relitti che se qualcosa ancora pulsava doveva nascondersi.

La stanza della frutta, sita all'ultimo piano, si chiamava cosí perché era piena di scaffalature dove a seconda della stagione si mettevano le mele, si facevano seccare le noci, maturare i cachi, passire l'uva: ed anche quando non c'era niente manteneva un odore dolciastro e muffito che ti stordiva, e che in tanti anni non ho mai capito se fosse l'odore piú buono e struggente del mondo o il piú disgustoso.

Verso il fondo della stanza, tuttavia, le scaffalature erano da sempre state adibite a reggere le cose piú diverse: piastrelle avanzate, due vecchi Flobert ad aria compressa, bottiglie vuote, vecchi giocattoli e un bel po' di scatoloni. Almeno due di questi scatoloni, mi sembrava di ricordare, contenevano le cose dei Kropoff. Per non disorientare il mio smemorato decisi di fare una cernita preventiva, dopodiché, munito di una decina di oggetti, mi appartai con lui dietro l'Olea fragrans mentre i nonni dormivano. Lo guardai bene: cosí da vicino la sua pelle sembrava macerata, tanto che i segni del vaiolo si erano fatti meno nitidi ma piú vasti; e anche le venuzze che gli coprivano il naso sembravano alonate, come se stessero rilasciando colore. La stessa voglia di vino mi sembrava ora piú estesa, e non so se fosse solo suggestione ma avrei giurato che sul dorso della mano destra se ne stesse formando una nuova. Le palpebre, incollate dalla sua tensione muscolare piú che dalla congiuntivite resinosa, non lasciavano indovinare dove stesse guardando. Probabilmente ero accoccolato di fianco a un povero diavolo afflitto da demenza senile, ma qualcosa, qualcosa che mi rifiutavo di attribuire a tutte le storie di pellerossa che avevo visto al cinema, mi persuadeva di essere a colloquio con un saggio o un veggente.

Il primo oggetto che gli porsi fu una scatola laccata piena di bottoni: con quelle palpebre non c'era quasi bisogno di dirgli di tenere gli occhi chiusi. Tenne la scatola fra le mani, poi la scosse facendo risuonare i bottoni come ghiaia di torrente.

– Allora? Vedi niente?
– Mi vedi... vedi...
– Sí?
– Vedi un cass!

La mia impazienza lo innervosiva. Gli passai un ventaglio in silenzio. Come sapesse di cosa si trattava non esitò ad aprirlo, ma la tela di cui era fatto si squarciò in piú punti. Lo gettò via disgustato senza una parola. Allora scelsi un vasetto *craquelé* di quelli a collo stretto per una singola rosa. Questa volta la sua attenzione fu maggiore, perché accarezzò l'oggetto a lungo per capirne la funzione.

– Me pias, g'ha la forma d'una pera.

Io rimanevo zitto.

– I per... eh i per iin bun, mi ghel disevi al padrún, ma lü i ghe vuleva no.

– A chi lo dicevi, al signor Kropoff?

– Al tò nonn ghel disevi.

– Ma se il nonno continua a farti piantare alberi di pere!

– Quell de adess, minga l'olter.

– Quale altro?

– L'olter, quell che l'è mort.

– Vuoi dire che il signor Kropoff si era portato dietro il padre?

– Gnanca par sogn.

– Allora di chi parli?

– Del tò nonn, ma quell mort.

Mi colse un brivido, perché parole come quelle possono creare qualsiasi verità.

– E quando sarebbe morto, quest'altro nonno?

– Eeh... quand'eri giuin vacaboia.

– E si chiamava Giuseppe anche lui?

– Giüsepp, me par.

– E la nonna?

– La gh'era no. Gh'è minga semper besogn di donn!

– Ma se c'erano i russi, qui, come poteva esserci anche mio nonno?

– Fors l'era rüss anca lü.

– E tuo padre, in tutto questo?

– El mè papà l'è la ciaf de tütt: truvaa lü semm a post.

– Ah perché tutto il resto ti sembra logico.

– Oui mon jeune ami, très logique.

– Come hai detto?!

– Quand?

– Adesso, oui mon jeune ami...

– Mi hoo ditt dumà che 'l mè papà l'è la ciaf de tütt.

– No: dopo.

– Mi hoo ditt nagott.

– No, tu hai parlato in francese, ti rendi conto di quello che è successo? Stai tenendo in mano un vaso russo e hai parlato in francese, come facevano i russi di buona famiglia prima della rivoluzione.

– Rivolusiún?

– La rivoluzione comunista, li avrai visti i film di Don Camillo e Peppone!

– Michelín.

– Dimmi.

– Sun stracch, ghe ne podi pü de sta storia... podi no restà sansa memoria e vadavialcü?

– Certo che puoi, se è quello che vuoi, ma non è una bella cosa svegliarsi alla mattina e non ricordarsi nemmeno del proprio nome...

– Te gh'ee resún, ma adess basta, mi voo a cà a durmí.

Si alzò lentamente come disimplicandosi dalla terra, mi rese il vaso e si allontanò piú ingobbito del solito. Dopo pochi metri però si fermò, e senza voltarsi mi disse:

– Te voeuret dí che mi hoo parlaa com'i lümàgh?

– Anche se sono francesi le lumache rosse non parlano francese! Hai parlato come i francesi, gli uomini francesi!

– E el mè papà, come diaul parlava?

– Non lo so, o in italiano, o in russo, o in francese. O in dialetto.

– E cosa l'è mej?

– Dipende, nessuna lingua è meglio in assoluto...

– Però i mort preferissen el frances...

Aveva un modo di sorprenderti aprendo improvvisamente spiragli spaventosi su cose che non poteva conoscere che... o le conosceva? E io avevo sempre la debolezza di lasciarmi portare da lui anziché governare la conversazione.

– I morti? E quand'è che li senti parlare?

– Semper.

– Ma li vedi anche? Dove sono?

– Inscí, de sott, partütt ghe n'è, sott a l'ort, sott al lares, dedree ai urtens, de fianch al fenil, sott ai per, sott al nespul, sott al castagn, sott ai pergul...

– Ma nel resto del paese? In campagna, fuori?

Scosse la testa.

– Dumà inscí.

– Come sarebbe dumà inscí? Un cimitero di francesi tutto qui sotto, solo da noi?

– Propi.
– E da quand'è che li senti parlare?
– Da quand'eri giuin.
– E non ti sei mai spaventato?
– I mort iin mort, poden fà pü nagott.
– Ma come fai a dire che parlano in francese, se non lo conosci?
– Se iin frances, g'han de parlà frances.
– Ma è un circolo vizioso! Come fai a sapere che sono francesi?
– Parchè iin lur che manden sü i lümàgh.
Ecco. La chiave dell'ossessione. Altro che suo padre. Quelle maledette lumache rosse che adesso stavo per odiare anch'io.
– E adess che ghe pensi, l'olter nonn, quell de prima, l'è staa magnaa vif di lümàgh, par quest l'è mort.
– Tu l'hai vista, questa scena?
– El Giuàn l'ha vista.
– A proposito, i tre tedeschi non parlano mai?
– Par parlà se g'ha de vess sott terra, ben giò in fond. Basta, mi voo a cà.
Si allontanò barcollando come per una stanchezza immensa. Era l'essere piú terragno e torpido che io conoscessi, eppure qualcosa di magnetico abitava in lui, come un interno fascio di luce che rimbalzasse da tutte le parti in cerca di un'uscita. E nel mio scoramento per l'impossibilità di aiutarlo a fare ordine nella sua mente sconvolta si insinuava la gioia di poter confermare che il mio mostro era veramente un mostro.

Dunque la mia assistenza mnemotecnica si stava rivelando un fallimento. È vero che ad alcune emergenze si era rimediato, ma a quale prezzo? Al prezzo di entrare entrambi in una dimensione dove la logica, l'esperienza, la cronologia, le leggi fisiche non avevano piú valore. Valeva davvero la pena di insegnargli il modo di richiamare alla mente il gusto di una salsiccia o il nome di una verdura, se contestualmente ci trovavamo circondati da russi, da francesi, da morti, da spiriti maligni e dispettosi che si divertivano alle nostre spalle con la loro babele linguistica? Né poteva sfuggirmi una verità insieme consolante e umiliante: il vero protagonista di queste esperienze extrasensoriali era il Felice e solo il Felice, perché era per bocca sua che quei demoni parlavano, era lui che aveva le visioni, lui che reggeva il ramo d'oro della conoscenza e della perdizione. Io ero solo un accompagnatore cui era riservata la stucchevole parte dello scetticismo e del buon senso, e se per mantenere una speranza di successo in quell'impresa dovevo rimanere lucido, tutto il mio essere agognava a coincidere con quel mondo di illusioni, un mondo dove una compagnia di soldati napoleonici istruiva sottoterra un esercito di lumache rosse perché salissero in superficie a divorare il mio *primo* nonno! Che storia meravigliosa! E invece dovevo dire di no e resistere alle sirene, almeno fino a quando il Felice avesse risolto il mistero di suo padre, quel mistero che tanto lo angosciava e cui tutto ruotava attorno come a un gorgo.

Lasciai passare qualche giorno, poi nuovamente lo sottoposi allo scrutinio degli oggetti russi. Uno dopo l'altro passarono nelle sue mani gonfie e tagliuzzate senza suscitare al-

cuna reazione. Non cosí l'ultimo della serie, una penna antica con il calamo di legno e la ghiera per il pennino in ottone;
il pennino mancava, e scuotendo la penna ne usciva ancora
la polvere di quello che una volta era stato inchiostro. Sfre-
gando quella polvere fra i polpastrelli vidi che doveva trat-
tarsi di un inchiostro viola, quello prediletto dalle dame del-
l'Ottocento. Disposi la sua mano attorno alla penna come se
dovesse scrivere. Fu come accendere una radio.
  – Mon aimé et malheureux fils...
Rimasi ancora un po' in silenzio, ma si era bloccato.
  – E poi?
  – Mon aimé et malheureux fils... fils...
  – Chi è che scrive, un uomo o una donna?
  – Te see ti Michelín.
  – Io?
  – Denter de mi... ti te see, ti.
Dunque adesso era pure questione di telepatia. Io m'ero
costruito un romanzetto ottocentesco pieno di agnizioni e col-
pi di scena e *volevo* che il Felice ne facesse carne sua dedu-
cendolo dall'energia rilasciata da quella penna, che invece non
rilasciava niente se non uno spolviglio violetto. Se era cosí,
l'elemento di maggior disturbo e confusione ero io, io che do-
vevo trovare il modo di non interferire tanto violentemente.
  – Che lenguacc l'era Michelín, frances?
  – Francese, sí.
  – Michelín.
  – Sono sempre qui.
  – Te saree minga mort?
  – Perché, adesso il francese è solo la lingua dei morti?
  – I frances g'han tücc de stà sott terra, l'è 'l post giüst
par lur.
  – Lo sai però che in guerra erano contro i tedeschi?
  – E alura?
  – Se hai ucciso dei tedeschi, eri con i francesi.
  – Te see matt? Mi, cunt i frances?
  – Però neanche con i tedeschi.
  – Con nissün, vacaboia!
  – E se tutti i francesi sepolti qui sotto fossero stati uccisi
dai tedeschi?

– Ghe dirèv: braav sciur tudesch!

– E i russi?

– I rüss poden andà a davialcü.

– Ecco, tutti sistemati.

– Michelín.

– Sí?

– Adess te disi una cosa, ma te la disi dumà 'na volta: el Lach Maciúr el g'ha i sò legg, t'ee capii? i sò legg.

Meraviglioso... neanche Lovecraft mi dava brividi cosí quando scriveva delle Montagne della Follia... Le leggi del Lago Maggiore! Che bisogno avevo di imporgli il mio romanzo puškiniano quando lui stesso mi folgorava con quelle uscite? El Lach Maciúr el g'ha i sò legg, bastava una frase cosí a rendere l'esistenza dieci volte piú interessante.

Ma cosa voleva dire le leggi del Lago Maggiore? Che *qui* essere russi, francesi o tedeschi non era piú tanto importante, anzi probabilmente non contava piú nulla. Ma anche che essere vivi o morti non faceva piú una gran differenza, se di mio nonno, dello stesso identico nonno, giravano due versioni, una morta e una viva... A dispetto di leggi tanto corrosive suo padre continuava a rimanere importante: perché? Perché gli aveva trasmesso la tara dell'amnesia? Oppure (ma possibile?) perché erano davvero le lumache a dargli un peso decisivo? Fra i miei libri c'era *L'interpretazione dei sogni* di Sigmund Freud, e mi ricordai che in quello smilzo volumetto giallino l'immagine della lumaca veniva piú volte caricata di significati sessuali, peraltro per me del tutto astratti e teorici: una volta era l'organo femminile, una volta un organo maschile malmesso, una volta era invece citata per l'allusività delle sue corna. Ma può simboleggiare davvero qualcosa un'immagine che può simboleggiare cose tanto diverse? Inoltre si trattava di sogni, e troppe volte ormai mi ero scontrato con l'impossibilità di estorcere al Felice anche il piú vago brandello di sogno. Del resto, che bisogno ha di sognare uno che sente parlottare in francese sotto i cespi di lattuga?

Lo stanzino segreto con i cadaveri tedeschi... la parte posteriore della stanza della frutta... Chissà se la nostra casa ne aveva altri, di luoghi cosí... magari qualche botola o qualche passaggio nascosto noto solo ai Kropoff, o a chi aveva costruito l'edificio... Certo l'unica stanzuccia del Felice non poteva offrire molto in questo senso, cosa che una volta di piú suggeriva che ciò di cui andavamo in cerca era presso di me... Ma una casa è come una testa, con le sue ambagi e le sue oscure circonvoluzioni, le sue ambiguità e le sue ossessioni... Io, quando giravo per stanze e corridoi e mi spostavo da un piano all'altro, avevo davvero l'impressione di muovermi dentro la mia testa, e non solo perché non c'era macchia d'umido o bolla d'aria imprigionata nel vetro che non mi parlasse di me, dell'innumerabile somma di malinconie o di angosce o di noie che ne avevano accompagnato la visione, ma anche perché la struttura stessa della casa era ormai stata talmente interiorizzata da trasmettersi alla mia mente, modulandola.

In questa struttura abitavano i mostri, i miei mostri. L'avevo sempre saputo e per questo avevo sempre fatto di tutto per rendermeli amici. Alcuni mi ispiravano tenerezza, altri mi terrorizzavano, ma a tutti portavo un immenso rispetto, e a tutti ero sinceramente affezionato perché altri che mi facessero compagnia, nella vita, non ne avevo. Rispetto a loro il Felice era uno pseudomostro, rispetto, dico, al Mostro della Legnaia o alla Larva o a quell'entità senza nome che mi guardava la nuca e che non ero mai abbastanza veloce per vedere a mia volta voltandomi di colpo. Certo era assai brutto, aveva un volto gonfio e deformato da escrescenze, buchi,

macchie, cicatrici; aveva quel viola... quegli occhi sempre
chiusi e ingrommati... tirava certi sputi fenomenali... e poi
la sua familiarità con il terribile verderame, come fosse im-
mune da quel veleno... la violenza con cui scannava e scuoia-
va i conigli... ma bastava tutto questo a farne un mostro, o
non si era resa necessaria fin dai primissimi tempi la mia in-
tegrazione e la mia volontà? E anche la recente perdita della memoria, non contribuiva ad umanizzarlo? Tuttavia... tuttavia proprio il suo sfacelo mentale gli stava regalando una
virtú visionaria che se non lo mostrificava lo metteva in contatto con qualcosa di tremendo e disumano... con i morti,
fondamentalmente, anche se a questo punto, per onestà, dovevo stabilire per via teorica quale fosse il rapporto fra morti e mostri... Per esempio sarebbe stato arduo dimostrare che
i morti sono disumani... Qui poi s'innestava l'altra scabrosa
questione, se fosse lecito o addirittura doveroso distinguere
fra morti silenziosi e morti parlanti, fra morti assenti e morti presenti... Ma io avevo tredici anni e mezzo, potevo im-
barcarmi in questioni di cosí grave momento? Meglio limi-
tarsi ad augurare ogni sera la buonanotte alla Larva, e a cercare di frenare con ogni mezzo la discesa del Felice nel
baratro dell'amnesia.

Il quale Felice, qui volevo arrivare, abitava ormai stabil-
mente fra i misteri della mia casa, dunque dentro di me. Dormiva nella sua piccola stanza, lavorava nel nostro orto e nel
nostro giardino, ma era nella mia testa che cercava suo padre.

Piú mi arrovellavo, piú mi era chiaro che l'aporia piú grande di tutta la faccenda era l'assenza della madre, il totale di-
sinteresse del figlio. Riluttavo a sbarazzarmene, ma era chiaro che la storia del figlio della serva misconosciuto dal giovane Kropoff non stava in piedi. D'altronde, se il piccolo fosse
stato abbandonato alla nascita davanti a un convento, perché mai i Kropoff se ne sarebbero dovuti prendere cura? Forse la madre era morta dandolo alla luce, e il giovane Kropoff,
per l'amore che aveva portato alla defunta, aveva preso il
neonato con sé affidandolo a una serva di casa: ma perché allora non riconoscerlo? Forse perché la madre era una popolana? Per un veto del vecchio Kropoff? E quando il piccolo
fu in età di capire, cosa gli fu raccontato della madre? Vero

o falso che fosse, almeno quello se lo sarebbe dovuto ricordare, invece niente. Parlai anche con la Carmen, beninteso tacendo dei tre tedeschi, ma anche lei non si ricordava del Felice se non come di un uomo solo di cui si ignorava ogni legame di famiglia. E mi fece impressione sentir verbalizzare da lei ciò che già sapevo, cioè che per tutta la vita egli aveva sempre lavorato nella nostra proprietà, prima per i Kropoff poi per mio nonno.

Solo quella notte, agitandomi nel mio enorme letto di ferro battuto, feci un calcolo: poiché eravamo nel 1969, se il Felice aveva 58-60 anni doveva essere nato fra il 1909 e il 1911. Ma i Kropoff non potevano essere arrivati qui prima del 1917: anzi era noto che prima di trovare una sistemazione definitiva i fuoriusciti russi stazionavano per un certo tempo in Svizzera, ciò che rendeva piú probabile il 1918 come anno del loro arrivo. Dunque nella vita del Felice c'era stata una fase pre-Kropoff corrispondente alla sua infanzia, nella quale mi auguravo che già non lavorasse in questa casa come bambino-schiavo.

Il giorno dopo affrontai con lui l'argomento.

– Prima di rüss?

– Sí, quand'eri piccolino.

– Stavi là – e con un gesto distratto indicò la conigliera.

– Come là? Cosa c'era allora?

– L'istess: cunili.

– Vuoi dire che vivevi insieme ai conigli?

– Propi.

– Ti rendi conto di quello che stai dicendo?

Scaracchiò rumorosamente.

– Che'l me vegna un cancher se l'è no vera.

– Ma qualcuno che si prendeva cura di te ci sarà stato, no?

– Sí, el Gran Cunili.

Se non avessi avuto la certezza che non sapesse chi fosse Lewis Carroll avrei giurato che mi stesse prendendo in giro. Feci uno sforzo di pazienza.

– Parlami di questo Gran Coniglio.

– L'era bell, orpo se l'era bell... e l'era anca 'l pü gross de tücc, roba de pesà un mes quintal... Pecaa che'l gh'aveva minga i oeucc...

Un coniglio di mezzo quintale senza gli occhi... Non avevo ancora deciso come prendere il racconto che già ne ero completamente affascinato. *Io ero il bambino, e lui la balia.*

– E perché non aveva gli occhi?

– Gh'i aveven cavaa via i frances cunt un cugiarín... T'ee capii, sti frances de merda? L'è staa lü a insegnamm a tajà in dü i lümàgh cunt i sò dent...

E già, questi francesi incominciavano a esagerare, e le loro lumache non mi sembravano piú cosí difendibili...

– E fino a quando hai vissuto con i conigli?

– Fina che 'l Gran Cunili l'è restaa vif.

– E tu quanti anni avevi?

– Mi... soo no... noeuf, des... chi pò dill?

– E fu allora che ti trovarono i Kropoff?

– Soo no, soo no... recordi nagott... l'è tütt scür... scür e negher... Ghe vuraría i oeucc del Gran Cunili par vedè quaicoss... Mi 'l soo dove gh'i han sconduu, i frances, ma là se pò andà no.

Dunque gli occhi dell'enorme coniglio erano nascosti da qualche parte nel giardino o in legnaia o nel fienile, o addirittura in casa nostra... e in quelle retine era ancora impressa la verità, lí la storia del padre del Felice era narrata. Ma quale tremendo tabú gli impediva di andare a recuperarli? Non ne ricavai nulla, perché serrò le palpebre ancora di piú, serrò anche le labbra come fanno i bambini quando vogliono far capire che rimarranno muti come tombe, e restò accovacciato nell'erba vicino a me, caracollando lievemente avanti e indietro come un vecchio stregone indiano che reciti mentalmente le sue preghiere. Lontano, lontano, in quel momento era lontanissimo da me, che mai come in quel momento, dall'inizio di quella storia, mi sentii abbandonato in un universo senza senso. Dopo un lungo e penoso silenzio durante il quale anch'io avevo preso a caracollare come lui, ruppi gli indugi e gli feci violenza.

– Felice!

– 's te vouret?

– Tu sei convinto che non ci si possa andare, ma se me lo dici ci vado io.

– Te see matt?

– Dimmelo e vado.

– Ma gnanca par sogn!

– Ti prego... io non ho paura... e tu non hai voglia di scoprire qualcosa su tuo padre?

– Michelín.

– Siam qua.

– Ti no te gh'ee idea del pericul... se pò no, fídes, se pò no...

– A me non succederà niente, ho i miei amuleti.

– Da' a trà, quij oeucc iin in del post pü spaventus de la cà, basta che tel disi e te pisset adoss.

– Dimmelo.

– No.

– Dimmelo.

– La cantina.

– Bene, andrò in cantina.

– In cantina un cass, sacramerda d'un can rabiaa!

– Non puoi impedirmelo, è casa mia.

Qui rise di gusto, senza sarcasmo né polemica: di puro gusto.

– Tua! Ah! 'dess l'è sua, la cà! Sun mi che g'hoo de pissamm adoss, ma del rid!

– Perché, di chi sarebbe, la casa?

– De quij de sott.

– Dei francesi?

– G'hoo ditt de sott, no sott terra.

– E di sotto cosa vuol dire?

– De sott voeur dí la cantina! No te gh'ee ancamò capii che l'è là sott che se decid tüsscoss?

– È proprio per questo che voglio andarci.

– Pensegh ben Michelín, l'è là denter che s'iin scambiaa i tò nonn.

Un affabulatore maestoso, lo scambio dei nonni... Lo spirito di scrittori come Hoffmann, Poe e Lovecraft riviveva in lui, l'uomo del verderame...

– Ti faccio notare che per ragioni strettamente cronologiche il mio vero nonno è quello di adesso e solo quello di adesso.

– I ball de fraa Giuli! Quest chí l'è la copia, quell ver l'era 'l primm.

– Ma non è possibile! Mio nonno ha acquistato questa casa solo nel 1955, quando sono nato io! Prima di allora non aveva mai messo piede da queste parti.

– Michelín.

– N'ata vota!

– Ti te see mai dumandaa parchè 'l tò nonn el sa gnent de mi?

Non risposi, attanagliato contemporaneamente dall'angoscia e dall'euforia.

– Parchè el m'ha cugnussuu che mi seri già grand e gross, e 'l m'ha dumandaa mai nagott... Ma l'olter nonn el m'ha vist cress, m'ha vist bagaj, l'ha cugnussuu el mè papà...

– Ma insomma, mia mamma è figlia del primo o del secondo? Io di chi sono nipote?

– Ah, se no tel see ti...

– Senti, abbiamo incominciato questa storia per curare la tua memoria, la mia va bene cosí.

– Cuntent ti...

– Contento per niente, ma com'è andata la mia vita lo so.
– Quest l'è quell ch te credet ti... quell che te fan cred lur.
– Loro chi?
– Quij de la cantina.
– Ma perché, se le cose stanno come dici tu, in tutti que-
sti anni non mi hai mai avvisato quando sapevi che scende-
vo in cantina?
– Parchè ti te 'ndavi a giügà, no a cercà.
– Ma che ne sai? Anzi spesso il gioco era proprio cercare.
– Sí, ma ti te savevet no cosa cercà.
– E loro se ne accorgerebbero, se io scendessi con l'idea
di trovare gli occhi del coniglio?
– Se l'è par quest, l'è de 'n bel po'...
– Possibile?
– Quand noialter ciciarèm, lur sculten tütt...
– Felice, sai cosa credo? Che questi esseri esistano solo
nella tua testa...
– Pussibel, parchè iin lur che se magnen i mè record...
– Anche l'ubicazione del cesso, si sono mangiati?
– Anca: quand se trata de fà un dispett...
– Ma perché ce l'avrebbero tanto con te?
– Par culpa del mè papà: anca a lü ghe magnaven i pensee.
– Ma cosa intendi con mangiarli? Cancellarli?
– No no, disi propi magnaj, e te see ti come fan?
Tacevo, impegnato a tenere a freno il mio cervello perché
non precorresse le risposte.
– Se trasfurmen in lümàgh! E una volta denter te salü-
di el pensee, parchè i lümàgh sel slappen via int un mument.
Orrore! Un cervello brulicante di lumache che succhiava-
no sinapsi! Improvvisamente ebbi la visione del padre del Fe-
lice che si sparava in testa per sottrarsi a quella tortura. Per
ora suo figlio si limitava a sterminare le lumache dell'orto, ma
forse sarebbe venuto il giorno in cui avrebbe imitato il padre.
Non sapendo cosa dire, dissi la prima cosa che mi venne
in mente.
– Felice, perché il verderame si dà solo all'uva?
– Parchè l'è faa par l'üga.
– Ma se uccide i parassiti dell'uva, si potrebbe dare anche
all'altra frutta e alla verdura...

– Mi soo no, soo dumà che l'è semper staa inscí.

– E se provassimo a darlo anche all'insalata, in particolare alla lattuga?

– La latüga?

– Non pensi che in questo modo non dovresti piú far la
guerra alle lumache? Arrivano, mangiano il verderame e
muoiono. E magari se quando lo spruzzi ce n'è qualcuna in
giro diventa tutta turchese, basta lumache rosse, solo turchesi o morte.

Rimase zitto e immobile, chiaramente tentato. Credo che
l'aspetto che piú lo affascinasse fosse l'idea di laccare di verderame le immonde creature biascicanti. E infatti:

– Anca la bava, la diventaría türchesa?

– Anche quella, pensa.

– Ma poeu besognarà lavaj ben, i latügh, mi soo no se 'l
tò nonn el sarà d'acord.

– Il nonno lo convinco io, tu pensa solo al verderame.

– Sí, ma el vantacc?

– È un avvertimento a quelli della cantina, non capisci?
Dici che ascoltano le nostre conversazioni? Allora ascolta-
te, voi di laggiú: lasciate in pace il mio amico se no veniamo
giú in cantina con due sifoni e spariamo verderame dappertutto!

– Te see matt?

– È l'unica, contrattaccare. Non mi hai detto di aver visto tuo padre con gli stivali e la sciabola, come un ufficiale?
Se fosse qui, parlerebbe cosí anche lui.

Mi sarei dovuto sentire in colpa per quella strumentale
malafede, ma evidentemente ero il primo a convincermi di
quello che inventavo.

– Par quest l'avran massaa.

– Allora dillo che hai paura.

– Porcavaca se g'hoo pagüra, una pagüra del diaul!

– Eppure vuoi trovare tuo padre.

– Mi… mi voeuri truvà la sua figüra, el sò nomm, di record de mi e de lü insemma, quest voeuri truvà, minga lü!

Finalmente si era sciolto l'equivoco. Nella sua incapacità
di distinguere il nome dalla cosa, il segnale dall'oggetto se-
gnalato, il Felice aveva preso le mie ultime mosse e propo-

ste come tentativi di arrivare non alla svanita idea di suo padre, ma, vivo o morto che fosse (cosa per lui non cosí decisiva) *a suo padre in persona*... Ripercorrendo mentalmente i nostri recenti discorsi mi resi conto che le mie parole si prestavano effettivamente a quella interpretazione, ciò che mi diede un brivido di retrospettiva voluttà... Ma io sapevo anche che se il padre era morto non avevo nessuna voglia di incontrarlo, e che se invece era vivo ne avevo ancora meno, perché quale fascino poteva mai avere per me un esule russo novantenne che viveva da quarant'anni in Costa Azzurra? E soprattutto, cos'avevano da dirsi ormai padre e figlio? Perché io mi sarei dovuto rendere responsabile di un incontro cosí penoso? Il padre si sarebbe vergognato del figlio e del proprio antico comportamento, il figlio non avrebbe riconosciuto il padre e si sarebbe confuso, e dunque? Molto meglio che fosse morto e sepolto, molto meglio ignorare dove fosse sepolto... In un'antologia di racconti neri avevo letto una storia scritta da Jean Paul dove si sosteneva che in ogni campo ove fosse stata combattuta una battaglia particolarmente cruenta si dessero convegno, ad ogni anniversario, i soldati morti, e che per tutta la notte conversassero e fraternizzassero... Sembrava però che parlasse di spettri, non di cadaveri sottoterra: e poi il Felice sentiva solo il francese, mentre secondo la teoria di Jean Paul avrebbe dovuto sentire almeno due lingue, e solo una volta all'anno...

Decisi di lasciar perdere i francesi e di ritornare ai conigli. Gli chiesi se non si sentisse in colpa ogni volta che uccideva uno dei suoi antichi compagni d'infanzia.

– Ma iin minga i stess...

– Sempre conigli però. Che direbbe il Gran Coniglio?

– Sent a mi, del Gran Cunili men te parlet e püssee l'è mej.

– La Carmen lo ha mai conosciuto?

– La Carmen la massava i tudesch.

– Non mi hai risposto.

– El Giuàn, lü sí che l'ha cugnussuu.

– Ci avrei scommesso.

– Parchè?

– Perché è morto e non può piú dire niente.

– Se ved che ti te see ancamò un fiulín –. Dopo queste parole si allontanò verso il cancello. Lo raggiunsi che era già in
strada.

– Perché hai detto cosí?

– Parchè se ti te gh'ee gnancamò capii che i mort han de
dí püssee di vif, ti te gh'ee capii nagott.

Scomparve dentro il suo portone. Io ero rimasto cosí male che decisi all'istante di scendere in cantina.

La cantina non aveva segreti per me. Una stretta e lubrica scala immetteva, dopo un piccolo disimpegno su cui si apriva un armadio a muro privo ormai delle sue ante, in un locale a volta pieno di vecchi tini e di botti, oltre che di bottiglie e vasellame vario. Altre bottiglie erano disposte sulle mensole di due nicchie alte e strette che si aprivano nelle pareti. Unica fonte di luce, scarsissima, una grata che dava sul retro della casa, all'altezza del terreno. La penombra, la copertura a volta, le botti semisfasciate, le ragnatele antichissime che formavano veri e propri cortinaggi, e infine i numerosi ganci di varia foggia e le catene che pendevano dall'alto facevano di quella cantina una perfetta incisione piranesiana: e io là sotto ovviamente godevo, e piú mi raccontavo storie terrificanti piú godevo. Una volta ch'ero solo in casa, e s'era già d'autunno, attesi il crepuscolo per scendere in cantina completamente nudo con una candela accesa in mano: se mai qualcuno si calò nella parte dell'offerta sacrificale, quello fui io.

Là dentro avevo passato negli anni una quantità incalcolabile di tempo: abituata la vista al fioco lucore proveniente dalla grata, esaminavo le etichette delle bottiglie, alcune delle quali erano cosí vecchie e di forma cosí inusitata da essere sicuramente precedenti l'acquisto della casa da parte del nonno; altre, con etichette manoscritte ormai illeggibili, contenevano una sostanza densa e compatta che mi dissero essere stato mosto. Lo stesso Felice confermò che i Kropoff avevano cercato di fare il vino, ma che la loro e la sua insipienza in materia avevano prodotto risultati disastrosi: quelle bottiglie erano appunto la testimonianza di un ultimo tentativo lasciato a metà. Quanto a mio nonno non aveva nemmeno voluto sentir parlare di vinificazione, ma essendo ghiottissimo d'uva lasciò che la pratica del verderame continuasse.

Dunque ero nella mia cantina: potevo avere paura? In quel luogo avevo dialogato con ogni sorta di mostro immaginario, figuriamoci se gli avvertimenti del mio semimostro potevano spaventarmi. Da qualche parte, secondo lui, erano nascosti gli occhi del Gran Coniglio, e da qualche parte, o meglio ovunque, c'erano entità che non volevano farmeli trovare. A buon conto, contro le mie abitudini, mi ero portato una torcia a pile, e con quella incominciai a illuminare le mensole delle nicchie. Vecchi crodini, vecchie cedrate, vecchie Marie Brizard... un vecchio Punt e Mes... un barattolo di Citrosodina e uno di Citroepatina di quelli che rubavo ai nonni per farmi le limonate... tutta roba che conoscevo a memoria... finché in un angolino della mensola piú alta della seconda nicchia un riflesso piú smorzato, come non venisse dal vetro ma comunque da qualcosa di lucido... di lucido e viscido... infilai la torcia piú addentro per illuminare meglio l'oggetto, sí, era proprio viscido, ma non era un occhio... era una lumaca! Una lumaca rossa, immobilizzatasi dalla paura! Una lumaca in cantina, nella polvere, sull'ardesia di una mensola? I lümàgh! Risentii la voce del Felice, il suo terrore. Indirizzai la luce verso le damigiane e le bottiglie sul pavimento, esaminandole una per una: sul collo di una bottiglia un'altra lumaca stava lentamente salendo lasciando una traccia bagnata sulla superficie polverosa, mentre una terza lumaca era caduta dentro una damigiana e ricamava il fondo incrociando inutilmente il proprio percorso. La guardai con un'impassibilità che doveva dimostrare ad eventuali osservatori il mio sprezzo del pericolo, ma incominciavo a non sentirmi piú tanto bene. Poi, volli farmi male da solo.

I tini e le botti, come ho detto, erano quasi tutti sfasciati e marci: una sola botte restava le cui doghe fossero ancora tenute insieme dai cerchiaggi, non a caso la piú piccola. In quella botte, su cui qualche anno prima avevo attaccato un cartellino con scritto «Amontillado», immaginavo avesse sede ogni sorta d'orrore: una volta era il Gorgogliatore, un'altra un enorme verme avvolto su se stesso, un'altra ancora il tunnel che risucchiava negli Altri Mondi... Fu dunque con fatua leggerezza che scostai il coperchio di quella botte e vi puntai dentro la luce della mia torcia. Orrore! Orrore fisico e metafisico insieme! Scintillanti sotto il mio fascio di luce, brulicavano in quella botte migliaia e migliaia di lumache rosse, e mai, dico mai, vidi lumache muoversi cosí velocemente, tanto che sembravano piuttosto pesci guizzanti presi in una rete... Impietrito guardavo: alcune di quelle lumache erano notevolmente piú grosse del normale, tanto da assomigliare ad oloturie, ma tutte, le grandi come le piccole, lottavano per rimanere in superficie, con il risultato di avvicendarsi continuamente in un rimescolamento che le portava dal basso in alto, dall'alto in basso... e tutta quella cosa *gorgogliava*, sí, eccolo lí il Gorgogliatore che m'ero finto per anni, solo che adesso non era un mostro simpatico, adesso era uno schifo vomitevole che non tollerava nemmeno la decorazione di un nome fiabesco, adesso erano solo maledette lumache rosse, lümàgh frances...

Io m'ero sempre data la divisa di vita di non far mai del male a qualsiasi animale, anche a quelli piú perseguitati dagli altri, ero amico e protettore dei ragni, delle formiche, delle scolopendre, degli innocui scorpioncini nostrani, delle libellule, delle lucertole e dei gechi, degli scarabei, delle forbicine, delle lumache... ma adesso era cambiato qualcosa, adesso capivo che l'ossessione del Felice non era del tutto infondata... francesi o non francesi quelle lumache non erano normali, non erano normali e non erano nemmeno mostri, quindi non avevano proprio nulla che le giustificasse... Osservavo l'orrendo botro in cui sguazzavano a migliaia involvendosi l'una nella bava dell'altra, una bava che sommata a tutte le altre bave non si asciugava diventando lacca iridescente ma produceva una colla schiumosa, qualcosa di immondo che aveva a che fare con il verbo secernere e dunque con un ancor piú immondo segreto... Ma quella secrezione non era segreta, era scandalosamente esuberante, come la schiuma del mosto che avrebbe dovuto legittimamente ingrommare quella botte... E perché erano tutte lí insieme? Si accoppiavano? Si leccavano? Si trasmettevano il loro tremendo sapere? Chi ce le aveva messe, e a che scopo? E se i due bulbi oculari del Gran Coniglio fossero nascosti proprio sotto quel brulichio? Se fosse per me una prova? Dovevo rimboccarmi la manica e tuffarci dentro il braccio? E se me lo succhiavano come mignatte? Se ci si attaccavano come remore? Il Felice aveva detto che quelle lumache si erano mangiate i ricordi di suo padre e adesso si stavano mangiando i suoi: relativamente alle sorti del mio braccio, quant'era rassicurante quella notizia?

Ciò che feci in seguito fu cosí automatico e meccanico che mi sembra di averlo vissuto solo in sogno. Invece lo feci, oh se lo feci. Corsi alla legnaia, presi senza precauzione una bracciata di scheggioni di verderame e ridisceso in cantina li gettai dentro la botte: subito si udí uno sfrigolio, che non volli stabilire se dipendesse direttamente dall'ustione o fosse un lamento collettivo. Illuminato dalla torcia, l'interno della botte scintillava di due opposti colori: il rosso delle lumache e il turchese del verderame, a contatto del quale le lumache si contorcevano e s'abbrunivano. Preso da un raptus afferrai un palo e mescolai, mescolai, mescolai finché intrisi da tutta quella bava i pezzi di verderame incominciarono a sciogliersi, cosa che affrettò la strage dei gasteropodi. Alla fine rimase una poltiglia scura in cui non si distinguevano piú i singoli corpi delle bestie: in compenso, però, si poteva seguire con lo sguardo il grazioso arabesco formato da striature e macchie turchesi che davano al tutto un effetto marmorizzato.

Dunque non avevo preso gli occhi, ma nemmeno le entità temute dal Felice avevano preso me. Passeggiando per il prato mi chiedevo perché quella botte contenesse tante lumache: si trattava forse di un vivaio? Impossibile, perché erano tutte già adulte e alcune di dimensioni abnormi. A meno che... a meno che fosse appunto un vivaio di lumache *abnormi*, e che quelle piú grosse fossero solo le piú precoci... Ma di cosa si nutrivano? La botte sarebbe dovuta essere piena di insalata, invece c'erano solo lumache... Ragionando come il Felice, si poteva pensare che venissero addestrate a nutrirsi dei pensieri e dei ricordi degli uomini... Ma soprattutto, *chi* le aveva messe lí dentro? E se invece non ce le avesse versate dentro nessuno, perché la botte non aveva il fondo e le lumache salivano su direttamente dal sottosuolo? Se quella botte fosse solo il boccaporto che si apriva su un mare sotterraneo di *miliardi* di lumache? Se un bel giorno avessero fatto irruzione da lí per sottometterci tutti? Continuai a ragionare come avrebbe fatto il Felice: se venivano dal sottosuolo, avevano a che fare con i francesi, forse erano i francesi ad allevarle, forse quella specie relativamente recente di lumaca rossa era rossa per via di tutto il sangue francese che aveva imbevuto il nostro terreno, per questo il Felice le considerava francesi, non perché la specie venisse d'oltralpe...

Io poi quali altre fonti avevo? Mi diedi del fesso e corsi all'orto: dopo un po', sotto un cespo di catalogna, ne trovai una, piccolina e tutta sporca di terra. La presi delicatamente e la sciacquai, poi la deposi sopra una foglia secca di magnolia e la portai a mio nonno, il quale, esaminatala, ammise di non conoscerne il nome, ma escluse nel modo piú convinto che potesse chiamarsi lumaca francese. Salimmo in biblioteca a consultare i manuali di zoologia: invertebrati, molluschi, gasteropodi, ed ecco il ricchissimo mondo delle lumache. Escluse empiricamente quelle dotate di conchiglia, ci concentrammo su quelle che ne erano prive, e scoprimmo che nei nostri orti ne allignavano tre specie, tutte appartenenti al gruppo degli Arionidi: l'Arion hortensis, color *marron glacé*, lunghezza massima 5 cm, l'Arion empiricorum, color marrone scuro, lunghezza massima 10 cm, e la nostra! Arion rufus, color marrone rossiccio, lunghezza massima 15 cm! Leggemmo e rileggemmo, confrontammo piú testi, ma da nessuna parte c'era il minimo accenno alla Francia. Da quando avevo memoria vedevo il Felice tagliarle in due con la vanga, sputare e dire con disprezzo «Lümàgh frances!»: chi glielo aveva messo in testa? Suo padre? Ovunque si cercasse si finiva sempre con lo sbattere lí, suo padre.

Tornai da lui e gli raccontai cos'avevo visto e fatto in cantina. Rise sussultando con tutte le membra, tanto non ci credeva. Lo invitai a venir giú a controllare, ma si rifiutò come se si trattasse di un trucco. Poi rifletté al verderame sottratto e andò in legnaia, uscendone furibondo.

– Mi soo no cosa ti te gh'ee cumbinaa cunt el mè verderam, ma se te peschi un'altra volta te foo vedè mi.

– Cosa fai, lo dici al nonno? – gli risposi con tutta la protervia di cui ero capace pur di provocarlo.

– Sí, ma a quell olter.

Il brivido, tremendo ma meraviglioso. Ne volevo ancora, mi sembrava che senza quelle paure la vita non fosse degna di essere vissuta.

– E sai dove trovarlo?

Annuí con l'aria di chi è in possesso di profondi segreti.

– E dove sarebbe?

– Braav, dess vegni a cuntall a ti!

– Ma come pensi che io possa aiutarti se mi tieni fuori da tutto quello che sai?

– Ti te gh'ee de jutamm a recurdamm di coss smentegaa, finis.

– Sí, ma se mi dici che te le mangiano le lumache, queste cose, e poi non vuoi sapere cosa succede in cantina non è che

si possano fare molti progressi... Poi dovresti spiegarmi
com'è che sai tutto del primo nonno, che non era nemmeno
il tuo, ma non ricordi nulla di tuo padre...

– Parchè el mè papà l'è sparii, ma el vecc l'è ancamò
chí inscí.

– Ma non era morto?

– E alura? L'è mort e l'è chí inscí.

– Ma il nonno di adesso se n'è mai accorto?

– Cercass cent'ann, truvaría nagott.

– Dunque non interferiscono, le loro vite.

– Interferissen?

– Non si incrociano, non si disturbano mai...

– Poden minga.

– E perché?

– Oh basta vacaboia, crapún che te see! Tel disi! Parchè
el primm l'è denter al segund, cuntent?

– Un attimo fa hai minacciato di denunciarmi al primo:
vuol dire che puoi decidere con quale dei due nonni vuoi parlare, o sbaglio?

– Scolta: quand voeuri parlà cunt el tò nonn disi semper
«Sciur dutúr», quand voeuri parlà cun quell'olter parli e
basta.

– Tutto qui?

Annuí gravemente. Altro che mostro. Avevo di fronte un
essere capace di comunicare con dimensioni che non comu-
nicavano fra di loro.

– Senti un po', e ce ne sono altre di persone cosí?

– Cosa voeur dí, parsonn inscí?

– Con due... due identità, sí, due anime... una dentro
l'altra.

– Michelín.

– Sí?

– Te voeuret minga cambià discurs?

Ancora quel brivido, ma questa volta piú angoscioso, anzi solo angoscioso.

– No.

– Michelín.

– Sí.

– Ti, te see una parsona fada inscí.

Nei giorni successivi feci in modo di non incontrare quell'uomo. Prima di rivederlo volevo abituarmi all'idea di essere un mostro anch'io. Un mostro ed un morto, per la mia prima identità. Quello che mi aveva detto era cosí sconvolgente che non avevo avuto la prontezza di spirito di chiedergli quando fossi morto, a che età, dove, se anch'io avessi avuto a che fare con i Kropoff, con i francesi, con lui stesso... Tutte le combinazioni erano possibili, bastava sbizzarrirsi con la mente e qualsiasi risultato aveva una sua fantastica plausibilità: tanto piú fantastica, tanto piú plausibile. Hoffmann scriveva cosí: non a caso fin da allora lo ritenevo uno dei piú grandi scrittori del mondo.

Mi sforzai di ricordare se anche per me il Felice avesse due esordi differenti come per mio nonno, ma altro che «Michelín» non mi veniva in mente. Michelín oppure niente, ma la natura della conversazione, in entrambi i casi, non presentava differenze apprezzabili. Pensai che volesse solo impressionarmi per tenermi lontano dalla cantina, ma il tono con cui mi aveva detto quella cosa tremenda era un tono di verità. Allora pensai che fosse semplicemente impazzito, anzi mi sorprese scoprire quanto tempo ci avessi messo prima di arrivare a una conclusione cosí logica, l'unica conclusione possibile. Però, se davvero era pazzo, cosa ci facevano tutte quelle lumache in quella botte? Hercule Poirot avrebbe osservato che quando due cose si contraddicono in modo inspiegabile vuol dire che in realtà si spiegano a vicenda, concludendo che proprio la pazzia aveva condotto il Felice a riempire di lumache quella botte... Facile a dirsi, ma a farsi? A occhio e croce non dovevano essere meno di qualche migliaio, e come

BUTLERS CHOCOLATE
CAFÉ
DUNDRUM
SHOPPING CENTRE
01-2963180

CAPPUCINO LARGE
  DECAF
  LOW FAT
  EXTRA HOT

Total	0.00
CASH	0.00

1:22 PM 17/05/2015 SIMON   315
BUTLERS DD T9

THANK YOU

Shop online at www.butlerschocolates.com
Visit us on Facebook.com/butlerschocolates
Why not book your Birthday at our Butlers
Experience Centre on
www.butlerschocolates.com
Card Number = :268295312
Total Points = 46
Card balance =0
Message = You have got more points

vaiolo - Smallpox
Poppi - EGGS
voglia birthmark
scacchi - spits
umidi - stew
cespo d'insalata - head
Presa per, fordell,
~ pull my leg
spiritoso -
lumaca
Gorgogliare gargle

aveva fatto a catturarne e tenerne in vita tante, lui che per istinto irrefrenabile le tagliava in due al primo vederle? È vero che mi aveva promesso di por fine all'eccidio, ma poteva essersene procurate tante in cosí poco tempo? E restava il mistero del loro inesistente nutrimento...

Dopo cinque giorni dai fatti ridiscesi in cantina. Per convincermi del mio coraggio scesi al buio, e anzi a metà della scala pronunciai le seguenti parole: – O voi che abitate qui dentro: vadavialcü! – Poi accesi la torcia e illuminai l'interno della botte. Come previsto i cadaverini, impastati nella loro secrezione bavosa e nel verderame sciolto, formavano una massa gommosa di colore brunastro, che sollecitata da un bastoncino rivelava ancora una discreta elasticità, destinata a scomparire in breve volger di tempo: tre giorni dopo, un'ulteriore ispezione rivelò che la massa, almeno in superficie, si era come glassata o vetrificata, effetto che attribuii interamente alla potenza del verderame.

Approfittai di quelle due discese per cercare ancora gli occhi del Gran Coniglio, anche se ormai non ci credevo piú tanto. Credetti di trovarne uno quando mi capitò fra le mani una di quelle vecchissime bottigliette di gazzosa dentro le quali c'era una biglia di vetro, e per un attimo mi chiesi se non fosse stato proprio un oggetto simile a produrre nella mente delirante del Felice la storia degli occhi: poi la supposizione mi apparve talmente ingenerosa che la cancellai con un atto di chirurgica volizione.

Quell'estate avevo tredici anni e mezzo. Adesso che ne ho cinquanta posso dire che da allora non è cambiato niente, perché la doppiezza è sempre stata la mia condizione: mai però sono riuscito ad accertare se la mia scissione sia solo psichica o anche ontologica. Secondo il Felice convivevano in me un morto ed un vivo: devo ritenermi un vile se non sono mai voluto andare a fondo alla questione? Anche perché il fascino di tutta quella storia era legato al fatto che riguardasse un'altra persona, e quegli altri per eccellenza che sono i mostri: ma scoprire che anch'io ero un mostro non era piú tanto divertente, soprattutto se dovevo fidarmi delle parole di un avvinazzato. Ecco quanto ero ingiusto: adesso che ero coinvolto, il nostro factotum diventava improvvisamente un povero ubriacone... Peraltro non è che mio nonno, in seguito alle rivelazioni del Felice, avesse granché guadagnato in fascino, e io nemmeno: dunque dov'era il vantaggio? Io non ero uno scienziato che indaga per amore della verità: ero un esteta in erba che indagava per amore del brivido e dell'effetto, e in mancanza di tornaconto me ne sarei tornato in biblioteca a fare la vita di sempre... Ma questo potevo spiegarlo al Felice? Potevo fargli capire che sarei stato al suo fianco solo finché mi avesse assicurato un congruo titillamento dei nervi e dello spirito? Anche questo però non era del tutto vero, perché gli volevo bene, a quell'orso, e pensarlo nella sua stanzetta alla disperata ricerca di oggetti di cui non ricordava piú la sede o il nome mi stringeva il cuore.

Cosí, oscillando fra questi estremi, incominciai a odiare suo padre come il responsabile di tutto: quell'ufficialetto arrogante con i baffi impomatati e le battutine studiate per far colpo sulle signore... diciamo pure quello stronzo, ussaro o dragone che fosse... Ma poi perché nobilitarlo cosí, nel segno dell'Ottocento? Non poteva essere uno squallido portaordini di quel verme di Badoglio? Un fascistaccio della Muti? Per quanto anticomunista suo figlio aveva almeno fatto fuori un tedesco, ciò che di fatto lo ascriveva alla resistenza italiana... Eravamo nel 1969, e allora non potevo sapere cosa fosse il revisionismo, non potevo ancora disprezzare convenientemente chi sostiene che fascismo e resistenza piú o meno si equivalevano... Peccato che a non far tornare i conti il Felice non ce l'avesse con i tedeschi ma con i francesi: perché? Stava diventando un'ossessione. Odiava i francesi al punto da aver francesizzato quelle lumache, e da pretendere che sotto la nostra terra si conversasse in francese. Mi chiesi se dietro a tutto questo non potesse esserci un semplice transfert linguistico per estensione, che so, un'offesa ricevuta durante l'infanzia da uno che si chiamava Franco o Francesco, ma ero troppo ignorante in materia. Oppure suo padre era un fascista ed era stato ucciso dai francesi, magari a Parigi, dov'era andato per far fuori i fratelli Rosselli... In tal caso benedetti i francesi, ma potevo dirglielo? E poi, sotto sotto, sentivo che una storia di mostri non poteva avvilirsi al livello della politica, doveva giocarsi tutta fra le scienze naturali e la metafisica, doveva retrocedere almeno al secolo scorso...

Passai alcune notti agitatissime, durante le quali ogni elemento acquisito continuava a cambiare di significato e valore. Una cosa sola rimaneva costante: la misoginia del Felice. Maschio lui, maschio suo padre, maschi i miei due nonni e maschio io, uno o bino che fossi, maschi i francesi, maschi i tedeschi, maschio il Giuàn, maschio il Gran Coniglio. Nel bene e nel male, tutti i protagonisti di quella storia erano maschi, visto che le lumache erano femminili solo per convenzione grammaticale. C'era un'eccezione però: la Carmen. Il Felice affettava la piú sconcertante indifferenza per sua madre, non nominava mai mia nonna né mai le rivolgeva la parola, persino quando rievocò se stesso piccolino in cucina a pelar patate non era riuscito a ricordare una sola figura femminile attorno a lui. Solo la Carmen era entrata nei suoi discorsi: dunque sarei tornato a parlare con la Carmen.

Anche la Carmen viveva sola, in una casa con l'orto alla fine del paese. La trovai curva sulle insalate, intenta a scrutarle. Fosse ossessionata anche lei dalle lumache?

– Signora Carmen, buongiorno.

– Ah, sei tu.

– Sta guardando se ci sono lumache?

– Sí, 'ste maledette, quest'anno ce ne sono piú del solito.

– Quali, le rosse?

– Rosse, marroni, verdi, sempre lumache sono.

– Quindi per lei non fa differenza?

– Le lumache mangiano l'insalata tutte allo stesso modo.

– Ah. Perché allora il Felice ce l'ha su con le rosse?

– Lo sai che ha le sue fisse, quell'uomo...

– Se non lo so io... Lo sa che mi parla sempre dei francesi?

Era la mia spasmodica volontà romanzesca, o veramente la vidi irrigidirsi e indurire lo sguardo?

– Francesi? Si confonderà coi Kropotkin...

– Vuole dire i Kropoff.

– Kropoff, Kropotkin, sempre russi erano... Quelli che abitavano da voi, sí.

– Ma come fa a confondere dei russi con i francesi?

– Perché parlavano francese, no?

– Sempre?

– Per quanto mi ricordo io, sempre.

Nemmeno in *Guerra e pace*! Questi dovevano essere ben spocchiosi per essere passati completamente al francese... A meno che dopo la rivoluzione considerassero morta la Russia e la sua lingua... Quanto alla composizione della loro famiglia i ricordi della Carmen improvvisamente sbiadivano: il signore e la signora, forse un figlio...

– Cosa vuol dire forse?

– Che per l'età poteva essere un figlio come un nipote, e poi che bel figlio: non c'era mai!

– Mai come?

– Uh quante domande! Mai, quasi mai!

– Ma lei se lo ricorda?

– Appena arrivato sí, poi è sparito per parecchi anni perché quando l'ho rivisto era molto cambiato. Poi è scomparso di nuovo.

– Per sempre?

– Non so, una volta, sul terrazzo, c'era una persona insieme al vecchio, ma ero troppo lontana per vedere chi fosse.

– E com'era, appena arrivato?

– Un bel giovane alto, con i baffi.

– E dopo?

– Brutto, grasso, senza baffi.

– Però era sempre lui?

– Credo.

Credeva! Anche la Carmen lasciava aperti gli usci del fantastico... Le chiesi se conoscesse i motivi di quella partenza e di quei rari ritorni: fece di no con la testa. Le chiesi il nome del figlio, continuò a far di no con la testa. Le chiesi se il nome Aurelio le dicesse qualcosa, continuò. Avevo molte altre domande da farle, ma mi stava facendo capire che per lei la conversazione era chiusa. Però andandomene la fregai, perché giunto al cancelletto che chiudeva l'orto le dissi senza voltarmi: – Au revoir, madame – e lei rispose: – Au revoir – con una pronuncia migliore della mia.

Un bel giovane, alto, con i baffi: si prestava a meraviglia a indossare un divisa da ufficiale, ma quale guerra potevano combattere mai degli esuli? Nel Varesotto, poi! Ero ossessionato dal Varesotto, il cui solo nome mi sembrava la negazione di ogni ipotesi fantastica: e forse per questo ci mettevo tanto del mio. Intanto una cosa era acclarata: i francesi non c'entravano, e anche le voci che il Felice pretendeva di sentir provenir dal suolo non erano che il ricordo delle conversazioni colte sulle bocche dei Kropoff. I Kropoff erano partiti di colpo e inspiegabilmente, disertando l'ultimo appuntamento con mio nonno: e se li avesse uccisi il Felice e sepolti in giardino? Se quelle voci fossero il frutto del suo senso di colpa? Se fosse un indizio rivelatomi nell'inconscia speranza di essere scoperto e punito? Suo padre, a sentir lui, conduceva una battaglia privata contro i francesi: e se fosse stato un modo figurato per rappresentare un conflitto famigliare? Forse i due vecchi gli avevano fatto un orribile torto, e il figlio li aveva uccisi per questo: in tal caso erano loro due ad essere stati successivamente trasformati dal delirio del Felice nelle entità che possedevano la casa. Quanto alle lumache, rientravano perfettamente in questo quadro psicopatologico e fantastico, come erinni inviate dai morti a perseguitare chi si era macchiato del sangue cognato. Avevo voluto Stevenson, Puškin? Ora mi ritrovavo Eschilo, e il cambio non mi piaceva per niente.

L'elemento letterariamente estraneo era il Gran Coniglio. Ma perché dovevo pensare per forza a Lewis Carroll? C'erano dei racconti di Lovecraft in cui un personaggio cosí non avrebbe stonato... E poi al Coniglio erano stati cavati gli occhi, e non c'era anche quel tremendo *Uomo della Sabbia* di Hoffmann, dove c'è un figuro che si aggira gridando «Oci, bei oci» come al mercato? Certo il Felice pretendeva anche di essere stato allevato dai conigli e di aver trascorso l'infanzia con loro, e questo ci portava fra *Il libro della giungla* e *Tarzan*... Ma potevo procedere cosí, appigliandomi ai romanzi e ai racconti? Perché il Felice doveva per forza essere Lennie, perché un tempo la botte delle lumache doveva aver contenuto dell'Amontillado?

Mi interrogavo passeggiando su e giú per il giardino, quando non lontano dalla conigliera vidi qualcosa di chiaro nell'erba. Mi chinai a guardar meglio: era un pezzetto di metallo che spuntava dal terreno, e l'avevo visto solo perché in quel punto l'erba era piú rada. Smuovendo la terra lo estrassi, e mi ritrovai in mano un cucchiaino d'argento. Un cucchiaino? Il cugiarín! Lo strumento dell'orribile escerpazione oculare! Possibile? Certo era una strana coincidenza che si trovasse a pochi metri dalla conigliera, ma... non era tutta un'invenzione del Felice? Esaminai meglio l'oggetto: poteva essere russo? Poteva. Punzoni non ne aveva, ma soprattutto non aveva la sigla «800», che designò gli oggetti d'argento solo a partire dalla fine del XIX secolo, dunque la sua antichità era provata. Aspettai con ansia l'arrivo del Felice, e appena giunse glielo mostrai.

– Vacabestia, el cugiarín! – esclamò senza esitare.

– Senti, non è che me l'hai fatto trovare tu per mettermi paura?

Gli indicai il punto preciso del ritrovamento.

– Mi! Ma se el sarà restaa là sott par püssee de cinquant'ann!

– Com'è allora che è cosí lustro? Non dovrebbe essere tutto nerastro?

– L'argent l'è lücid, tel savevet minga?

– Sí, se lo lucidi: altrimenti s'abbruna, figuriamoci poi sottoterra, con gli acidi e i sali...

– Oé te see adree a fà el chimic adess?

– E secondo te è proprio *quel* cucchiaino?

– Orpo! E te disi anca che te l'han faa truvà lur par mettet sgaggia.

– Hanno trovato il tipo giusto: sai che la mia divisa è: vadavialcü!

– Atent Michelín, atent...

– Vuoi farmi paura anche tu? Allora sai cosa penso? Che tu da piccolo venivi sempre a giocare con i conigli come fanno tutti i bambini, e che ce n'era uno particolarmente grosso a cui ti eri affezionato piú che agli altri: finché il signor Kropoff non l'uccise per mangiarselo alla cacciatora, cosa che ebbe l'indelicatezza di fare senza preoccuparsi se tu vedessi o no, e di quell'orrenda scena ti rimase impresso il momento in cui con il coltello tolse gli occhi all'animale: non con un cucchiaino, con lo stesso coltello con cui lo aveva ucciso. E siccome parlava francese, il Kropoff, nella tua testa si è a poco a poco formata l'idea che il Gran Coniglio fosse stato accecato dai francesi, ecco quello che penso.

– Te fee prest, ti. E braav! Braav el mè Michelín! – e tirò uno scaracchio d'inusitata potenza.

– Felice, dove vai?

– Voo a cà, podi minga stà chí a sentí sti buiàd! Mej perd la memoria.

– Aspetta, non fare cosí.

– Michelín.

– Dimmi.

– Mi me speri propi de sbajamm, ma vuraría no che lur deciden de dessedà quell'olter, de Michelín.

– Perché, adesso sta dormendo?

– Adess sí, ma atent che se se rabien iin bun de dessedall.

– E allora cosa succede?

– Che te vee a durmí ti Michelín, te vee giò ti.

Il giorno dopo, naturalmente, avevamo già fatto pace. Forse per un mostro tanta remissività era un limite, ma io ero
contento cosí. Decisi di battere sulla questione del nome di
suo padre, visto che Aurelio veniva da una canzone napoletana. Gli feci qualche proposta, chiedendogli come al solito
di concentrarsi ad occhi chiusi.

– Ivan.

Scosse la testa.

– Non serve che tu dica di no, basta che resti immobile.

– Aleksandr.

Accennò a scuoter la testa, poi si arrestò.

– Serghiej. Fijodor. Lev. Anatolij. Pijotr. Vassili. Andrej.
Vladimir. Nicolaj. Michail.

A Michail sussultò e alzò una mano come per chieder tempo. Sarebbe stato buffo se suo padre si fosse chiamato come
me, ma era anche possibile che proprio il mio nome lo stesse confondendo.

– Allora, è Michail?

– Pò vess.

– Michail Kropoff, come ti suona?

– Come Michele Strogoff – e rise tenendo diligentemen-
te gli occhi chiusi.

– Che ne sai tu di Michele Strogoff? – gli chiesi istintiva-
mente senza rendermi conto della mia arroganza.

– L'era el tò nonn che te ciamava inscí, mi te cantavi San
Michee gh'aveva un gall, e lü el te diseva Michelín Strogoff.

Michail Kropoff... non so perché ma mi sapeva di falso
lontano un miglio... Poi mi venne in mente che Felice era un
nome latino, latinissimo e italianissimo, e in nessun modo po-

teva essere stato dato da un russo, tantomeno da un russo
francofono. Dunque doveva essere stato dato dalla madre,
d'altronde sono le madri a voler dare ai figli nomi benaugu-
rali e protettivi, non i padri. Figuriamoci se uno stronzetto
zarista poteva chiamare Felice suo figlio: semmai Pietro, Ni-
cola, Alessandro, i nomi degli Zar piú grandi o piú bestie...
Non se ne usciva, bisognava trovare una via obliqua per ag-
girare l'impasse.

– Felice, cos'è per te la Russia? – gli chiesi a bruciapelo.

– La Rüssia? L'è un urs, el grand urs rüss.

Questa non era farina del suo sacco, ovviamente. In qualche occasione doveva avere sentito quella frase fatta e adesso la ripeteva meccanicamente, come quelli che per indicare New York dicono la Grande Mela, con ciò stesso precipi-
tando al fondo della mia disistima. Non posso negare che
rimasi deluso: il mio mostro rustico, parlare come un gior-
nalista! Avesse anche aggiunto il Generale Inverno gli avrei
tolto il saluto.

– E la Francia, cos'è?

– La Francia, l'è una lümaga.

Oh, qui sí che parlava schietto e sincero! Una bella lumaca rossa e vorace! La lumaca come cristallizzazione della propria follia. Per un attimo immaginai un pittore pazzo del primo Seicento battezzato da Roberto Longhi come il Maestro
delle lumache...

– Felice, secondo te sono buone da mangiare, le lumache?

– Quij verd e quij marún sí, quij russ no.

– Perché le rosse no? Pizzicano? Fan venir mal di pancia?

Avevo in mente le lezioni di mio nonno sui boleti, sulla
facilità di incappare in un Luridus o in un Satanas.

– I russ se pò no.

– Ma se le odii tanto! Perché non provi a fartene un po'
trifolate?

– Te see matt? T'hoo ditt che se pò no!

– Ma perché? Chi lo ha stabilito?

– L'è pecaa murtal, a magnaj.

– Questo però non ti impedisce di spaccarle in due con la
vanga.

– Massà l'è una cosa, magnà un'altra.

– C'è un tabú allora?
Informò lo sguardo ad incomprensione.
– Voglio dire un divieto speciale, è cosí?
– Ècula.
– E chi lo ha stabilito? Loro?
– Se ti te see già la risposta parchè te mel dumandi?
– Perché mi piace sentirmelo dire da te. E poi non è che tu mi risponda sempre allo stesso modo, continui a introdurre elementi che contraddicono quello che avevi detto prima...
– Sunt adree a perd la memoria, no?
– Senti un po', non è che per caso tu stia facendo il furbo con me?
– Sarèv a dí?
– Sarebbe a dire che la memoria la perdi quando ti fa comodo.
– Ah, bej robb de fà!
– Nome di questo paese?
– Nasca.
– Nome di mio nonno?
– Giüsepp.
– Di mia nonna?
– Uh... spèta...
– Ricordati la rima che avevamo trovato, liquerizia...
– Regolissia, Letissia!
– Bravo. Nome del torrente della cava?
– La Frova.
– Verdure del nostro orto a partire dal cancelletto di fianco al pollaio andando in giú?
– Alura... Fasoeu, fasulítt... tumàtt... ehm... cetrioeul...
– No, pensa alla rima.
– Ah sí, tumatt, patatt... cetrioeul...
– No.
– Melansàn... suchín... dess sí i cetrioeul... carott... rusmarín... rusmarín...
– Finito, tutto il resto è dall'altra parte.
– Alura sun staa braav?
– Bravissimo. Kropovič, Kropčenko, Kropinski, Kropoff, Kropijesvki, Kropotkin, Kropovski, qual è quello giusto?
– Kro... Kro...

– Ancora la rima, ricordati Dori Ghezzi, *Il ballo della
steppa*...
      – Kasacioff! Alura l'è Kropoff!
      – Nome di tuo padre?
      – Aur... vacaboia 'l soo no...
      – E va bene, questo non lo sappiamo proprio.

Il Comune di Castelveccana, di cui Nasca faceva parte, era stato un'invenzione della prefettura fascista. A quel che si capiva, comprendeva la riva lacustre che da Caldé giunge, senza includerlo, a Porto Valtravaglia; spostandosi verso l'interno includeva, in una prima fascia, San Pietro e Ronchiano, quindi, in una seconda fascia chiamata convenzionalmente «la valle», Nasca, Saltirana, Ticinallo e Brezzo di Bedero; infine, in una terza «valle», Sarigo, Domo, Muceno e Musadino; insieme, queste non-valli formavano ufficialmente la Valtravaglia, una delle tre ciclistiche «Valli Varesine» insieme alla Valcuvia e alla Valganna. Qualcuno sosteneva che il Comune arrivasse in montagna a Sant'Antonio e Arcumeggia, se non addirittura fino al passo del Cuvignone: ma almeno di quest'ultimo sapevo che ricadeva sotto la giurisdizione del C.A.I. di Besozzo. In ogni caso, un abitato di nome Castelveccana non esisteva: già da tempo avevo fatto domande in proposito, e nessuno, da mio nonno all'ultimo vecchietto di Musadino, era stato in grado di indicare anche solo un rudere che giustificasse quel nome. Prova di questa inesistenza era il fatto che il Comune di Castelveccana aveva sede subito sopra Caldé, di fianco alle scuole. Lí, in una afosa mattina di agosto, andai con una lettera di mio nonno che mi autorizzava, in quanto minore, a svolgere ricerche catastali per suo conto.

Perché quelle ricerche? Perché la Carmen aveva detto che, a quanto ricordava, il Felice aveva *sempre* lavorato da noi: ma se era veramente cosí, anche senza lavorare nel pieno senso della parola, doveva comunque essere stato impiegato in qualche attività *prima* dell'arrivo dei Kropoff nel 1917-18.

Se era nato attorno al 1910, come si era stabilito, c'erano un po' di anni scoperti, e io dovevo sapere a chi fosse appartenuta la casa in quel tempo. Purtroppo, dopo avere scartabellato una dozzina di registri, io e la solerte impiegata che mi assisteva dovemmo prendere atto che il Comune, nato nel 1923, conservava solo i documenti che corrispondevano allo status quo al momento della sua istituzione. Infatti il nostro podere risultava già proprietà del signor Nicolaj Kropoff, nato a Minsk nel 1873; quindi, dal marzo 1955, del signor Giuseppe Ferraioli, cioè mio nonno. Ma perché i funzionari di allora fecero tabula rasa della documentazione pregressa? Per motivi di spazio, probabilmente; oppure perché ai fascisti, nonostante la loro retorica romana, del passato non fregava nulla di nulla, e piú se ne cancellava meglio era.

Altrettanto frustrante fu l'inchiesta sul nome di Castelveccana. Il primo documento che ne faceva menzione era lo stesso atto costitutivo del nuovo Comune, firmato dal prefetto e controfirmato nientemeno che da Achille Starace. Brividi, a leggere quel nome, ma senza nulla di romanzesco, senza il sussurro di Lovecraft a rendere tutto affascinante: solo brividi di disgusto. Starace! Il prefetto si chiamava Carmine Adeodato, quello che il Felice avrebbe liquidato come un «terún»: possibile che se lo fosse inventato lui, questo benedetto nome di Castelveccana? Dove diavolo l'aveva trovato, in Cesare Cantú? Nel *Castello di Trezzo* del Bazzoni? In una cattiva traduzione di Walter Scott? Castelveccana, che nome assurdo per un luogo che non esiste!

Stavo per tornarmene indietro, quando mi ricordai di qualcosa che doveva avermi colpito subliminalmente la retina proprio all'inizio della consultazione dei registri catastali. Mi feci ridare il piú antico, ed infatti, nel volume 104, foglio 77, numero 43 b, cedola 8, lotto 1021, cioè casa nostra, c'era scritta sul margine, a matita, la seguente postilla: «Ex Macula». Come dovevo interpretarlo? Che nel registro precedente c'era una macchia, per cui quei dati e misure erano stati ricostruiti congetturalmente? Oppure che prima dei Kropoff il podere era appartenuto a gente che si chiamava Màcula?

Naturalmente la prima persona a cui mi rivolsi fu il Felice.

– Màcula? Me dis nagott.

– Fai uno sforzo, qualcuno doveva esserci, prima dei Kropoff!

– Sí, i cunili!

– E qualcuno che allevava i conigli, non c'era?

– Quaivün... spèta... spetampò... quaivün... no, g'hoo smentegaa tütt.

– Però il Gran Coniglio te lo ricordi.

– Quell sí, Màcula no.

– Che palle!

– Oé bambocc, l'è la manera de parlà?

– Lo dici sempre anche tu, i ball de fraa Giuli...

Poi tornai sulla questione di Castelveccana, facendogli notare che nel 1923 era un ragazzino, dunque che doveva ricordarsi come si chiamasse prima il Comune.

– Nasca.

– Nasca faceva Comune a sé?

– Famm pensà... No, fors la stava insemma a Port.

– E Caldé?

– Soo gnent mi de Caldé, gent vegnuu sü a curegún.

– Ma insomma, quando avete saputo di essere diventati Comune di Castelveccana non vi siete stupiti?

– E parchè gh'avevem de stüpiss?

– Perché era la prima volta che quel nome veniva fuori, ti sembra normale chiamare un Comune con un nome che nessuno ha mai sentito prima?

– L'è minga brütt, Castelveccana.

– Non è questione di bello o brutto, è che è stata una violenza.

– Viulensa o no, l'è inscí ch'el se ciama.

– Ma tu non hai proprio idea di dove sia saltato fuori 'sto nome?

– Mi una idea ghe l'hoo, ma vegni minga a dilla a ti.

– E perché?

– Eh, parchè, parchè... parchè l'è un segrett impurtant, t'ee capii? E adess basta, t'ee capii? T'ee capii, vacaboia?

Stava diventando ogni giorno piú insofferente e villano, lui che con me era sempre stato la dolcezza in persona. Ero io, forse, a portarlo dove fin dall'inizio volevo, cioè alla mostruosità? Ma cosa voleva coprire? All'inizio ero convinto

che volesse resistere al tempo e combattere contro la tara che
a sentir lui aveva colpito tutti i suoi avi, che volesse mantenere le sue cognizioni ed anzi allargarle, saperne di piú su suo
padre, risalire controcorrente nell'anamnesi costasse quel che
costasse: adesso invece dava l'impressione di una bestia brac-
cata che pur di essere lasciata in pace è disposta ad abbando-
nar tutto, anche suo padre avrebbe rinnegato per paura di
quegli esseri immaginari... E quello che mi faceva piú rabbia
è che pur di mollare tutto era pronto a ingannarmi, a depi-
starmi, perfino a minacciarmi...

Comunque che la sua paura fosse autentica era fuori discussione. In un film di 007 avevo visto James Bond appic-
cicare un capello ai battenti di una porta, in modo da verifi-
care al suo ritorno se fosse entrato qualcuno: ebbene feci la
stessa cosa con la porta della cantina, ed ebbi la prova che
nonostante il mio racconto il Felice non scese mai a controllare. Dunque, o sapeva già della botte piena di lumache, o
aveva cosí paura da tenersi lontano.

Quella notte, come mi succedeva ormai da un po' di tempo, non riuscii ad addormentarmi per un pezzo. Ripassai
mentalmente tutti i nomi di quella giornata, nomi di luogo e
nomi di persona, Castelveccana, Minsk, Aleksandr, Starace,
Musadino, Strogoff, Adeodato, Cuvignone, Màcula... a Màcula mi sentii trafitto come un insetto da uno spillo e balzai
a sedere sul letto tutto sudato, perché mi ero reso conto che
era l'anagramma di lumaca.

Ex macula, ex lumaca! Come dire che per qualche motivo il nostro appezzamento s'annominava popolarmente dalle lumache, se a mo' di specificazione un lontano funzionario aveva aggiunto, travisandone la forma, quella postilla. Se ne doveva forse inferire che la proprietà era vacante, tanto che lumache e altri animali si erano insignoriti dei prati e degli orti inselvatichiti? In questo caso il Kropoff avrebbe dovuto acquistare l'unità catastale direttamente dal demanio, ma un passaggio simile avrebbe lasciato traccia nei registri. Piú probabile era che il podere fosse sí abbandonato ma non senza padrone, e che da anni questi vivesse lontano senza curarsene affatto. In tal caso, però, come aveva fatto il piccolo Felice a vivere lí «fra i conigli»? Forse il padrone aveva lasciato un fattore che allevava conigli per conto proprio, e a questo punto... perché non chiudere il cerchio e pensare che il Felice fosse figlio di questo fattore? Altro che brillante ufficiale dei dragoni, altro che sciabola! Quanto alle lumache, poteva darsi che il fattore volesse occuparsi solo di conigli e galline, e che trascurando completamente l'orto lo avesse tacitamente consegnato alle lumache, alle quali non doveva sembrare vero di aver trovato un orto cui accedere liberamente senza pericolo di morte... Ma non coltivato, divorato da quei molluschi, che orto poteva essere? In meno di un anno era destinato a ridursi a una sterpaglia di erbacce troppo dure per quelle boccucce, e con un altro anno ancora non si sarebbe distinto dalla macchia di rovi e di felci che copre ogni zona incolta. Dunque perché citare le lumache in quel documento?

Ma anche ammettendo che le lumache si fossero permanentemente insediate, c'era dell'altro. Che appena diventa-

to proprietario il vecchio Kropoff decidesse di ripristinare
l'orto affidandone la bonifica e la disinfestazione al figlio poteva spiegare perché al piccolo Felice fosse rimasta l'impressione di una vera e propria crociata combattuta dal giovane
Kropoff, ma significava anche che a un certo punto della sua
vita il piccolo aveva sostituito il suo vero padre con il giovane russo... Perché? Perché suo padre era brutto e l'altro era
bello? Perché suo padre lo batteva brutalmente e l'altro gli
regalava i bonbons? Perché fu suo padre a uccidergli l'amato coniglio, e non fu mai perdonato? Perché suo padre morí
e i Kropoff lo adottarono? E se invece di un padre fosse stata una madre altrettanto orrenda e odiata, messa incinta dal
giovane Kropoff? Di piú: se non fosse mai esistito, un giovane Kropoff, e a ingravidare la donna fosse stato il vecchio
nobiluomo di Minsk? Forse per dedurre l'esistenza di un figlio era bastato al Felice vedere un ritratto del Kropoff da
giovane: allora sí che stivaloni e sciabola sarebbero stati plau-
sibili... Non era nemmeno escluso che fosse il figlio naturale di un padre ignoto, ma in ogni caso i registri parrocchiali
avrebbero dovuto rubricarlo sotto il cognome della madre:
tuttavia, se questa fosse scappata da un altro paese proprio
per fuggire quella vergogna, senza avere mai denunciato la
nascita? Ecco che avremmo un perfetto senza-padre pronto
a impossessarsi della prima figura paterna utile... Però... però
per chi non l'ha avuto, soprattutto se non ha occasioni di con-
fronto frequentando i propri coetanei, un padre rimane un'i-
dea astratta, mentre una madre, per quanto presto possa essere morta, lascia un vuoto fisico che un orfanello dovrebbe
preoccuparsi di colmare prima di pensare a un surrogato pa-
terno: il Felice invece si inventò un padre e non pensò mai
piú alla madre, e questo era davvero strano.

Basta! Quante ipotesi avevo fatto dall'inizio di quella storia, quante inutili domande a lui, alla Carmen, al parroco, a
mio nonno, in Comune! Quante inutili domande a me stesso, soprattutto! Avevo incominciato come mero assistente
mnemonico, ed ecco dov'ero finito... Maledetta mnemotecnica... Una delle pratiche basilari della mnemotecnica consi-
ste nell'associare un'idea o una cosa a un numero, secondo
successioni aritmetiche, geometriche, algebriche, algoritmi-

che che permettano di configurare automaticamente un quadro esatto e invariabile ogni elemento del quale corrisponda
appunto alla cosa cercata. Nei secoli passati si erano escogi-
tate soluzioni ingegnose, come immaginare un complesso palazzo corrispondente allo scibile e debitamente articolato in
vestiboli, atrii, corridoi, saloni e salette, sicché passeggiare
in quell'edificio virtuale era come consultare un'enciclope-
dia: ma l'interiorizzazione mentale di quel palazzo era comunque legata ai numeri. E non ci vuole molta intelligenza
per capire che qualsiasi organizzazione alfanumerica si deve
fondare su una lingua certa e condivisa. «Essere», per esempio, può valere 5 perché la *e* è la quinta lettera dell'alfabeto,
oppure 6 perché è una parola di sei lettere, o ancora 5, 17,
17, 5, 16, 5, perché queste sono le prime e piú scontate corrispondenze alfanumeriche. Ma se io insegno queste cose a
uno per cui «essere» si dice «vess», cosa ottengo se non di
confonderlo ancora di piú? D'altronde non ho nemmeno la
competenza per assumere io il suo dialetto come lingua di riferimento, ammesso che, tolti gli usi poetici, un dialetto scritto abbia un senso. E posso guidarlo per un immaginario palazzo barocco, se non è mai uscito da un buco come Nasca?
Posso parlargli dell'Albero della Conoscenza, se è un semianalfabeta che a malapena sa fare la firma?

A tutto questo bisogna aggiungere la sgradevole sensazio-
ne che negli ultimi giorni avesse incominciato a prendermi
in giro: quel cucchiaino, ad esempio, nulla mi toglieva dalla
testa che l'avesse interrato lui apposta perché io lo trovassi.
Ce lo aveva in casa? L'aveva rubato a mia nonna? Tutto era
possibile. Certo in casa nostra altri come quello non ne avevo trovati, ma c'erano tante di quelle vecchie posate spaiate
che questo non voleva dir nulla. Decisi di passare al contrat-
tacco: sapevo che nell'armadio dei giochi c'era una vecchia
bambola appartenuta non si sa a chi: seminuda e ormai cal-
va, conservava tuttavia due bellissimi occhi di vetro con le
iridi azzurre...

– Li ho trovati! – gli dissi appena rimise piede nel nostro
giardino.

– Ti t'ee truvaa cosa?

– Gli occhi del Gran Coniglio, eccoli.

Allungai la mano aperta su cui le due biglie di vetro brillavano come gioielli. Aprí lo sguardo come non gli avevo mai visto fare: filamenti di resina si allungarono fra le palpebre spalancate. Poi incominciò a tremare.

– Dov'è che t'i ee truvaa, desgrasiaa?

– In cantina, dove avevi detto tu.

– Ti te see matt, matt!

Si coprí la faccia con le mani come chi non osi pensare a quello che sta per succedere.

– Io non ho paura, vedi?

– Sí, el curacc di asen!

– Sarò un asino ma intanto li ho trovati, e adesso dobbiamo interrogarli.

– Interrogaj par cosa?

– Intanto per sapere chi lo ha accecato, povero Gran Coniglio.

– No, no, mi voeuri no savell!

– Io sí invece, guarda un po'!

Cosí dicendo presi un bulbo fra le dita e lo ruotai in modo da fissarlo nella pupilla, o meglio in modo che la sua pupilla fissasse me. E sul nero della pupilla, per uno strano effetto di riflessione, non vidi il mio volto ma quello del Felice, che in effetti non mi stava piú di fronte ma mi si era affiancato. Volli credere al responso: lui era l'assassino, lui aveva fatto quella cosa tremenda al coniglio. Lo odiai, ma come mi voltai verso di lui per trasmettergli la mia montante ostilità era scomparso. Aveva capito che io avevo capito? O nell'occhio aveva visto qualcosa di ben piú tremendo? Il Felice, un vero mostro. E se il coniglio fosse una metafora in cui la sua mente squilibrata avesse trasferito la figura del padre? Forse il giovane Kropoff aveva grandi orecchie, oppure era un vile, chissà, magari un giorno il Felice udí per caso il vecchio dare del coniglio al suo rampollo... Ma perché il coniglio doveva essere «grande», se lo ricordava snello e azzimato? E se fosse stato il vecchio Kropoff, il Gran Coniglio?

Disperando di cavare qualcosa da quell'uomo impossibile decisi di agire per conto mio, e per prima cosa programmai due ispezioni. La prima ebbe luogo in cantina, e confermò quanto mi aspettavo: l'impasto di lumache e verderame era diventato duro come un sasso. Su quella superficie rappresa come lava raffreddata, tuttavia, strisciavano impunemente nuove lumache, che dunque non potevano essere uscite dal terreno sotto la botte. In qualche modo la bava delle defunte doveva aver neutralizzato il veleno del verderame, che sapevo essere micidiale anche allo stato solido o in polvere. Per il momento le lasciai passeggiare, ripromettendomi di sommergerle con una nuova razione di verderame nel caso aumentassero.

La seconda ispezione era piú azzardosa, perché doveva avere luogo nientemeno che nella casa del mostro.

Attesi che venisse a falciare il prato, e andai a casa sua. Sapevo che non chiudeva mai a chiave la porta, cosí fu quasi come passare da una stanza all'altra di casa nostra.

La prima cosa che vidi non mi piacque per niente, perché era il disegno, fatto sull'anta di un armadio con il gesso, di un coniglio impiccato. Ma non era il soggetto a spiacermi, era lo stile, in tutto simile a quello di un bambino di non piú di cinque anni. Aprii quell'armadio: dentro c'era di tutto, vestiti arruffati, scatoline di lamette Bolzano, un flacone di dopobarba Floyd, un termometro, sei o sette numeri di «Famiglia Cristiana» e di «Cronaca vera», un paio di scarponi infangati, un servizio di bicchierini da liquore, una pompa da bicicletta, una scatola di brillantina, una trapunta, un cuscino pieno di macchie giallastre, una bottiglia vuota di amaro Cora, e tante altre cose cosí. Tutte cose cosí *tranne una*: un samovar! Un autentico samovar dei primi del secolo, a occhio. D'argento, decorato, punzonato, con il manico in ebano, un oggetto che sembrava venire direttamente dall'Ermitage! Cosa ci faceva lí? Glielo avevano regalato i Kropoff? Ne dubitavo. Privarsi di un oggetto cosí prezioso e simbolico a beneficio di uno zotico che non avrebbe saputo che farsene, no, era piú probabile l'avesse rubato lui. Ma perché rubarlo, se poi non lo aveva rivenduto? Certo un samovar non poteva avere per lui un valore né estetico né affettivo. Scuotendolo sentii un fruscío: e infatti all'interno c'era un cartiglio arrotolato dentro un anellino di pastina, come si usava per i bigliettini che si estraevano nelle lotterie di paese. Lo sfilai e lessi, e quel che lessi, nella sua apparente semplicità, mi fece star male. C'era scritta, con una grafia infantile che sembrava coeva al disegno del coniglio, una parola sola: «Felicità».

Felice, Felicità. E dentro un oggetto che rappresentava i Kropoff, cioè una famiglia. Era quello il suo anelito, era sempre stato quello, avere una famiglia? La sua desuetudine dalla scrittura non permetteva di datare quella parola, che poteva avere cinquant'anni come un giorno: l'unica cosa certa è che il disegno del coniglio, quando ero venuto a tappezzare di memento le pareti di quella stanza, non c'era. Ma rimanendo alla questione della famiglia: se davvero era quello il suo assillo, perché non aveva mai cercato di farsi benvolere dai miei nonni? Al contrario sembrava che facesse di tutto per tenere le distanze: con mio nonno comunicava a monosillabi che erano poco piú che grugniti, e piú di una volta avevo notato che quando il nonno era in giardino a leggere o a curare le sue rose egli voltava i tacchi e rinviava i suoi lavori; quanto a mia nonna, che lo considerava un autentico bruto, pareva che si divertisse a spaventarla sorprendendola inaspettato alle spalle o agitando davanti a lei pellicce sanguinolente di conigli scuoiati. E giurerei che una volta, nei primi tempi, lo avessero invitato a pranzo per non so quale ricorrenza, ma che lui avesse rifiutato. Certo i miei nonni non erano un granché come famiglia, ma insomma se davvero la sua ferita originaria era quella di essere un orfano non avrebbe dovuto fare il difficile... Tantopiú che anche i Kropoff non dovevano essere questa gran simpatia, figurarsi, esuli russi che pur di non riconoscere i Soviet perdono ogni avere e si rifugiano nel Varesotto... Forse ero ingiusto io a vedere nel Varesotto il punto piú angosciante del pianeta Terra, forse anch'io se un comitato popolare mi avesse espropriato delle mie betulle e del mio fiumicello me ne sarei andato di corsa con un ritrattino di famiglia dei Romanoff appeso al collo...

Felice, Felicità... Felicità, Felice... Quel cartiglio poteva essere un voto, un desiderio, ma se avessi dovuto azzardare avrei scommesso che si trattava invece di una protesta, della denuncia di un sillogismo mancato, di un tradimento dell'etimologia: come, mi chiamo Felice e non lo sono? Avesse saputo che il significato originario di Felix è «fertile», si sarebbe rammaricato di non avere figli?

Continuai piú velocemente l'ispezione, perché poteva tornare da un momento all'altro. Nel cassetto del comodino c'erano una sveglia rotta, di quelle che si richiudono in un cofanetto verdino; un fazzoletto sporco di qualcosa che sicuramente non era uscita da un naso; una cedola di «Topolino» per partecipare a un raduno di Rolly Marchi sul Monte Bondone; un cavatappi; un mazzo di carte piacentine tutte piegate per il lungo come fanno i contadini; e finalmente, anche qui, una cosa che mi fulminò. Chi ne ha viste di simili non ha bisogno di descrizioni, ma a tutti gli altri non è semplice far visualizzare l'oggetto. Era uno di quei santini laici formato da una base in similoro che reggeva, come fosse il quadrante di un orologio, un tondo metallico coperto da un vetro leggermente bombato: sotto il vetro, stampato su cartoncino, un montaggio fotografico rappresentante coloro che all'inizio degli anni Sessanta erano considerati i tre benefattori dell'umanità e i custodi della pace mondiale: John Fitzgerald Kennedy a sinistra, papa Giovanni XXIII al centro, e Nikita Kruscev a destra. Ne giravano due versioni: in una i tre ritratti erano racchiusi ciascuno in una cornice ovale, nell'altra i tre sembravano veramente spalla a spalla, con un cielo azzurro sullo sfondo. Questa era delle patacche con il cielo, ma ciò che mi lasciò stecchito era quello che il Felice vi aveva aggiunto: perché incollato sulla parte alta del vetro, in modo da non coprire le tre facce, c'era un altro cartiglio, una sottile strisciolina di carta maltagliata su cui, con la solita grafia infantile e senz'acca, era scritto «Micelin».

Dopo lo sbigottimento la mia prima reazione fu di gratitudine: associarmi a quei tre! Poi subentrò l'imbarazzo e un senso di inadeguatezza, perché cosa mai dovevo essere per lui, se mi infilava in tanta compagnia... Oppure si trattava di un gesto protettivo, come se mi avesse messo sotto l'ala degli uomini piú potenti che conoscesse: i primi due erano morti nel 1963, dunque è probabile che nelle sue speranze fossero loro a dovermi proteggere da lassú... Peraltro il Felice non era credente, ed era strano che uno che non crede alla Madonna e ai Santi si rivolga a un presidente degli Stati Uniti assassinato a Dallas... Poi ebbi l'intuizione: se il cartiglio nel samovar esprimeva il lancinante desiderio di una famiglia, perché questo non poteva avere il medesimo significato? Cos'erano Kennedy, Kruscev e papa Roncalli, nella percezione popolare, se non una famiglia di giusti? Lo stesso fotomontaggio non li rappresentava uniti come tre fratelli che posano per una foto ricordo?

Tutto struggente, ma anche tutto terribile. Terribile per lui ma anche per me, perché poche cose ti appenano il cuore come scoprire quanto qualcun altro ti vuole bene. Oggi che ho compiuto mezzo secolo non è cambiato niente, oggi come allora, quando càpita, è una rivelazione che non sono pronto a sostenere. Sapevo che il Felice mi voleva bene, ma non fino a quel punto... E io che negli ultimi giorni mi ero convinto che mi stesse diventando ostile... Colpa su colpa, vergogna su vergogna... Non c'è conoscenza che non porti al dolore, quanto mai mi ero imbarcato in quella vicenda... È già insostenibile sapere di essere amati, ma scoprirlo di nascosto è piú osceno che fare il voyeur nascosto dietro i cespugli... Rimisi a posto il cassetto del comodino mentre con una manica mi asciugavo le lacrime, poi scappai a casa di corsa.

Il giorno dopo ebbi la dimostrazione di quanto per il Felice i nomi fossero pregnanti e impegnativi. Naturalmente avevo passato buona parte della notte a rivedere quel *Micelin*, senza immaginare che alla mattina avrei ricevuto la seconda razione.

Mio nonno aveva una Mini Morris verde che posteggiava in un androne sotto il fienile. Quella mattina decise di lavarla, cioè di dirigere i lavori di un mozzo che ero io. Cosí, in costume da bagno e munito di secchio e di spugna, mi misi al lavoro: lavoro che odiavo, ma che essendo per mia sventura un perfezionista svolgevo maniacalmente finché la macchina non sembrasse appena uscita da un autosalone. Stavo giusto lavando i cerchioni delle ruote, quando passa il Felice e mi fa:

– T'ee vist? El g'ha de vulet un gran ben el tò nonn.

– Perché?

– Varda i gomm.

Osservai la gomma: era una Michelin. Dunque secondo le leggi del suo cervello, se mio nonno avesse fatto montare delle Pirelli o delle Kleber sarebbe stato un preciso segno di disamore. Mi chiesi se questa fissazione fosse stata incrementata dai nostri esercizi di mnemotecnica o fosse del tutto autogena.

– Allora se uno ha una figlia che si chiama Flavia o Giulietta deve prendere una di queste due macchine?

– Natüral.

– E se ne prende un'altra?

– L'è minga un braav papà.

– Dunque tuo padre era buono, se ti ha chiamato Felice.

Prima di rispondere mi guardò con sospetto.

– Eh, cara ti... l'è minga difficil dà i nomm, el difficil l'è faj diventà vera.

Per qualche secondo strofinai il cerchione, tanto quell'uomo sapeva spiazzarmi.

– Senti, preferiresti che ti avessero dato un altro nome?

– Següra! Inscí no gh'avevi sta càmula de la felicità!

Ecco. Finalmente qualcosa che andava in direzione della chiarezza e dello scioglimento.

– E se avessi avuto un figlio tu, come ti sarebbe piaciuto chiamarlo?

– Mah... g'hoo de pensagh...

– Rolando? Sergio?

– Eh, minga facil...

– Gaetano, Guglielmo, Osvaldo?

Sputò con ostentato disgusto.

– Ah, Osvàld propi no!

– Perché?

– L'è minga quel fioeu d'un can che l'ha massaa el Chènedi?

– Sí, ma Oswald era il cognome.

– Fa l'istess, g'ho voeuja de tiragh el coll cunt i mè man com'a un cappún!

– Guarda che l'hanno già ucciso, ci ha pensato un certo Ruby.

– E braav sto Rubi! Ghe voeuj streng la man!

– Hanno ucciso anche lui.

– Eh la madòna!

– Se è per questo l'anno scorso hanno assassinato anche il fratello di Kennedy.

– No!

– Sí invece, giusto un anno fa.

– Robb de matt... Povera famija, tant famús, e tant desgrasiaa...

La famiglia. Il cuore di tutto.

– G'ha minga purtaa ben fà i politegh, ai Chènedi... Mej se cultivaven i patatt...

– Ah questo è certo... Ma anche Giulio Cesare non sarebbe stato assassinato se avesse coltivato il suo campicello.

– Un olter sassinaa? Ma quanta gent te cugnussi ti che la g'ha faa sta brütta fin?

– Eh, tanta...

– Vacaboia, credevi minga...
– Il mondo è brutto, Felice: piú lo conosci, piú ti fa orrore.
– E mi che credevi che 'l bell l'era tütt foeura de Nasca!
– Dove, in Francia?
– Vadavialcü la Francia!
– In Germania?
– Vadavialcü i tudesch!
– In Russia?
Ero sicuro che avrebbe cambiato risposta.
– La cugnussi no, la Rüssia...
– Se è per questo neanche la Francia e la Germania.
– Ma g'hoo cugnussuu i frances e i tudesch, rassa de can rugnús!
– Ma di russi hai conosciuto i Kropoff.
– I Kropoff han vivuu inscí, e alura l'è un po' come vess diventaa di nasches...
Ohibò. Questa non me l'aspettavo. Un'adozione al contrario...
– Dimmi una cosa: sono mai venuti a trovarti?
– 's te voeuret dí?
– Se sono mai venuti a vedere dove vivevi.
– Mai, gnanca una volta.
– Bei naschesi, eh? E tuo padre?
– El mè papà cosa?
– È mai entrato a casa tua, lui?
Scosse il capo.
– Se l'è vegnuu, me sun smentegaa.
– E mio nonno?
– Una volta che gh'avevi l'influensa, m'ha misüraa la temperadüra, m'ha daa una medesina e l'è andaa via. Finis.
– Senti, tu mi hai parlato di un nonno di prima: quale ti piaceva di piú?
– El primm, sacrapansa! Gh'è gnanca de dill!
– E perché?
– Parchè 'l primm l'era prunt a famm durmí int'una stansa al pian de sora, ma quest chí l'ha voluu no.
– Te l'aveva promesso, il primo?
– Prumess no, ma mi l'avevi capii, che la gh'era una stansa tütta par mi.

– E come te lo spieghi, questo cambiamento?

– Gh'è gnent de spiegà: el primm nonn l'era in de par lü, el segund l'era insemma a tua nonna.

Rimasto solo, elaborai quelle ultime acquisizioni. Mio nonno viene due o tre volte, sempre da solo, a vedere la casa e a prendere accordi con i Kropoff. Ben conoscendo la preziosità di un contadino e di un custode, soprattutto quando si possegga una casa non riscaldata che rimane chiusa tutto l'inverno, non esclude la possibilità di assegnare al Felice un locale, e si lascia sfuggire qualche cenno in tal senso. Il Felice si illude di aver trovato la famiglia che ha sempre voluto, e culla quel sogno. Poi mio nonno torna con mia nonna, la quale, piú puritana di una quacchera e piú timorata di una novizia, vede nel Felice una specie di bruto e di satiro che passa il tempo a sacramentare e a sputare: subito pone un veto all'ingresso di quell'uomo in casa nostra, e per amor di pace mio nonno la accontenta. Cosí il Felice si sente tradito: l'uomo che aveva conosciuto non c'è piú, è morto: al suo posto è subentrato abusivamente un altro nonno, qualcosa di simile a un ultracorpo. Una ricostruzione molto plausibile: peccato che a minarla il Felice avesse preteso che anche io fossi doppio, e che il mio vecchio io «dormiva». L'avevo forse tradito anch'io? Non mi pareva proprio, anzi lo esclusi categoricamente. Allora perché mi aveva fatto morire? E nella sua immaginazione dove dormiva, quel mio primo io, sottoterra con gli odiati francesi? Nello sgabuzzino segreto con i tre tedeschi? Oppure dentro di me, pronto a riprendere il sopravvento? Ancora una volta, per un passo in avanti se ne facevano tre indietro, e sempre di piú io venivo risucchiato dal vortice delle domande.

Ero cosí provato che quella sera, cercando di addormentarmi, non mi sorpresi nemmeno di pensare con fiducia alla protezione di Kennedy e del papa buono.

Mio nonno era repubblicano, non nel senso antimonarchico o antifranchista del termine, ma semplicemente perché votava per il partito di Ugo La Malfa. Mia nonna, ahimè, era democristiana, ma come per metà delle persone che votavano quel partito la politica non contava: contava solo il crocefisso. Esclusa quindi mia nonna da ogni possibile dialogo, restava mio nonno, il cui moderato laicismo mi faceva sperare in un giudizio abbastanza attendibile su personaggi come i Kropoff, che naturalmente per mia nonna erano solo bravissime persone che gli orrendi comunisti avevano ingiustamente vessato. L'intervista al nonno, nondimeno, fu deludente. Non solo non volle sbilanciarsi sulla questione dei nobili fuoriusciti, ma anche sui Kropoff fu estremamente elusivo. Due o tre incontri, sosteneva, non erano sufficienti a giudicarli, anche perché la conversazione era girata esclusivamente su questioni economiche: quanto all'ultimo incontro, come già sapevo, non ebbe luogo perché al suo arrivo i Kropoff avevano già fatto trasloco. Gli chiesi se oltre ai due vecchi avesse visto qualche altro membro della famiglia: no, tolta una donna che veniva a ore, e senza considerare il Felice, non c'era nessun altro. Non c'era, o non l'aveva visto? Mi sembrò che fingesse di non cogliere la differenza: gli chiesi allora se Nicolaj Kropoff gli avesse parlato di un figlio: non ricordava. Intanto però mi guardava come un maestro di esoterismo che fulmini il giovane discepolo per qualche imperdonabile errore. La cosa mi agguerrí: lui aveva La Malfa? Io due Kennedy morti piú il papa piú simpatico di ogni tempo, valutasse un po' lui se gli conveniva lo scontro. Lo presi di petto, sostenendo che quella fuga improvvisa dei russi era molto sospetta.

– Vorrei vedere te, con gli sgherri di Stalin alle calcagna.
Capivo il suo gioco: nobilitare quegli infingardi facendo-
ne dei martiri. Ma da quel poco che ottimi libri e ottimi mae-
stri potevano già avermi insegnato a quell'età, sapevo che a
Stalin interessava picconare gente come Trotzskij, e che agli
ex zaristi lasciava fare i porci comodi che volevano. Anzi nella mia istintiva antipatia per i Kropoff mi ero quasi convinto che le spie staliniste fossero loro, e che la loro fuga si dovesse alla convinzione di essere stati localizzati da qualche
comunista autentico.

E intanto un altro elemento era venuto fuori: i Kropoff
non avevano servitú. Si capiva bene l'illusione del povero Felice di essere assunto a far parte della famiglia come aiutan-
te di casa... E poi dicono che i russi sono il popolo piú ospi-
tale del mondo... Certo se sperava nell'approvazione di una
Dama di San Vincenzo come mia nonna era cascato male,
aiutare i poveri purché stiano lontani... E io, io cosa potevo
fare? Non avevo ancora quattordici anni, ora che avessi deciso io il Felice sarebbe già stato sottoterra a litigare con i
francesi... Mi sentivo preda di un demone avvocatesco e non
volevo mollare la presa: cosí chiesi a mio nonno se non gli
sembrava strano che del Felice non si conoscesse nulla, nemmeno il cognome.

– Càpita, nelle campagne.

– E càpita anche che non si sappia chi possedesse questa
casa prima del fascismo?

– Può capitare.

– E può capitare che un prefetto fascista si inventi un nuovo nome per un Comune di cui *nessun abitante* si ricordi il nome precedente?

– Cose della vita, *tout passe...*

Rispondeva come un vecchio padrino della mafia. Ero al-
libito. Panta rei, la solita pippa che ti insegnano a scuola per
fregarti, carta che vince carta che perde, eri convinto che le
cose stessero in un modo e oplà, son cambiate, mica è una
truffa, lo autorizzan gli antichi: panta rei, come no, la sen-
tenza che ha il potere di farmi infuriare. Eppure mio nonno
non aveva mai preso la tessera fascista, era partito volonta-
rio come medico per il Montenegro a curare quelle genti di-

sgraziate, aveva rifiutato ogni tentativo di corruzione denunciando i notabili montenegrini per occuparsi dei derelitti... Era quello il mio primo nonno? Dovevo considerarlo morto in guerra? In ogni caso dubitavo che il Felice fosse al corrente di quegli ammirevoli trascorsi...

– Senti, dopo che i Kropoff sono scomparsi è arrivata qui della posta per loro?

– Non mi sembra.

– È venuto qualcuno a cercarli, a chieder di loro?

– No, mai.

Stavo per arrendermi, poi la mia stanchezza si aggrappò a un ultimo appiglio.

– Il verderame il Felice lo dava già prima, vero?

– Sí.

– Mi ha detto che i Kropoff facevano il vino, ti risulta?

– Mi risulta sí, le hai viste anche tu tutte quelle vecchie bottiglie di mosto in cantina.

– Sí, ma a parte che non credo che sia molto regolare imbottigliare il mosto, tu l'hai mai assaggiato questo vino?

– No, non ne hanno lasciata neanche una bottiglia.

– Ma il Felice cosa dice, che era buono?

– Chiediglielo tu, non siete tanto amici?

– Sai, non è che la sua memoria funzioni tanto bene...

– In ogni caso io il vino non l'ho voluto fare, troppe spese, troppi rischi...

– E già, quando c'è il Folonari, lo Zignago...

Folonari e Zignago erano due marche di vino molto economico che avevano alimentato nel tempo numerose malignità sulla proverbiale taccagneria di mio nonno. Poi, molti anni dopo, sarebbe arrivato il Tavernello... Del resto mio nonno non ha mai capito nulla di vini, come risultò clamorosamente un famoso Natale in cui mio zio Ippolito gli regalò una costosissima bottiglia di Château Lafitte, ed egli prima l'annacquò, poi, davanti agli occhi sbarrati degli astanti, versò nel bicchiere un cucchiaino di zucchero e mescolò vigorosamente perché cosí il vino «busciava»...

– Da quand'è che ti interessi di vino?

– Senti, tu sei medico e i segni dell'alcolismo li riconosci. Il Felice è uno che beve tanto?

– Dir tanto è poco! Non vedi che naso ha? Basta guardargli il naso e sai esattamente com'è conciato il suo fegato.
– Perché allora mi dice che beve anche la gazzosa, la cedrata, il tamarindo, l'orzata...?
– Che domanda! Perché si vergogna, no? Adesso deve venire a confessarsi a un ragazzino?
– Ma a me dice tutto!
– Lo credi tu. Pensi che sia facile per un adulto dire a un bambino che è un ubriacone?
– Ma quand'è che beve? A casa sua non ci sono bottiglie, al bar non va mai...
– Non andrà dai Bergonzoli, ma prova a chiedere giú all'osteria.
– Ah, perché tu dici...
– Non lo dico io: lo sanno tutti che è sempre là a bere.
– Alla gelateria?
– Ma sí, gelateria, osteria, l'unica che c'è in fondo al paese.
– E beve davvero cosí tanto?
– Tantissimo, non immagini quanto.

Perché avevo fatto finta di non sapere quello che era sotto gli occhi di tutti? Per amore, sperai.

– Ma quando hai comperato la casa beveva già?
– Sicuramente, ma non cosí. È stato uno dei motivi per cui tua nonna non ha voluto che venisse ad abitare qui.

Ah, ecco. La pia donna. Se il Felice fosse vissuto insieme a una donna senza essersi sposato sarebbe stato lo stesso. Se avesse votato comunista sarebbe stato lo stesso. La vedevo bene, mia nonna, a ricamare la lettera scarlatta. Eppure mai che dalla bocca del Felice fosse uscita una parola cattiva contro di lei: era sempre questione di uomini, come nei film western. Anche sapendo del veto relativamente al suo alloggio presso di noi non se l'era presa con lei, ma aveva distinto un nonno di prima senza di lei e un nonno successivo con lei.

Me ne andai affranto da una tristezza indicibile. La politica affettazione delle risposte di mio nonno, l'aura maledetta che si sprigionava dalla nostra casa, tutto il mio stile di vita mi facevano sentire l'essere piú solo al mondo. L'unico mio interlocutore era un poveretto che non sapeva neanche chi fosse, e io avevo cosí bisogno di legarmi a qualcuno che nonostante tutto continuavo a vedere in lui non una creatura da soccorrere ma un amico cui appoggiarmi. E pensare che in ebraico il mio nome significa «Colui che è pari a Dio»! Che beffa... Michele e Felice... Per un attimo gli unici genitori seri ed onesti mi sembrarono quegli spagnoli e quei napoletani che chiamano le figlie Dolores e Addolorata... Spagna e Napoli contro Francia, Germania, Russia e Varesotto, forse il mio problema era tutto lí, essere una creatura del sud e vivere al nord, l'orrendo nord delle villette e delle fabbrichette, i fabrichètt! Del resto l'altro mio nonno, quello che avrei perso di lí a pochi anni, era pugliese, e di questo andavo fiero senza neanche sapere perché: anche adesso ne vado fiero, soltanto che adesso il perché lo conosco.

Ma non voglio parlare di me, devo parlare del Felice, il che significa, a questo punto, che devo parlare del vino.

Chissà se anche l'alcolismo era un regalo ereditario come la tara amnestica. Sta di fatto che il Felice se ne vergognava come fosse l'unico bevitore del mondo, quando era piuttosto evidente che a Nasca ci andavano giú tutti pesante, le donne non meno degli uomini. Nell'osteria in fondo al paese c'era sempre qualcuno al bancone e difficilmente chi usciva dall'emporio non aveva nella sporta il suo Folonari o il suo Zignago: per non parlare di tutti quelli che il vino se lo facevano da sé. Il Felice all'osteria non lo vedevo mai, quando ci passavo davanti in bicicletta, ma la spiegazione era semplice: il suo orario era dopocena, quando io non mettevo piú fuori il naso dal nostro cancello.

Ebbi l'occasione di approfondire l'argomento il mattino dopo, quando incontrai il parroco in mezzo alla strada. Come al solito mi invitò a frequentare l'oratorio, prospettiva che mi aveva sempre fatto orrore nonostante i meravigliosi bigliardini che facevano *clac! clac!* tutto il giorno. Rispondendo evasivamente, decisi di sfruttare l'incontro per saperne qualcosa di piú: e sapendo di avere di fronte un prete la misi sul caritatevole, dicendogli che non sapevo come aiutare quell'uomo a risolvere il suo problema. Mi riferivo alla perdita della memoria, ovviamente, ma per il parroco era scontato che il problema fosse quello del vino. Cosí mi disse che c'era poco da fare, perché ogni sera il Felice beveva quantità aberranti di vino fino a crollare per terra; che quasi sempre bisognava accompagnarlo a casa in due tenendolo per le braccia, e portarlo su fino al suo letto; che ogni tentativo di indurlo a moderare il suo vizio otteneva solo di mandarlo in bestia, e che in questi casi urlava che solo nel vino trovava quello che non aveva piú.

Sapevo che parlarne all'interessato non era una bella cosa, ma mi sembrava l'unica via da percorrere. Cosí alla prima occasione portai il discorso su quel tema scabroso. Dignitosamente, non negò: ma si vedeva che provava una gran pena. Gli chiesi come mai bevesse solo dopocena.

– Parchè se bevi del dí poeu sun pü bun de laurà, e el tò nonn me licensia.

– Capisco.

– E poeu voeuri minga che te me vedet cunsciaa inscí.

– Il parroco mi ha detto che nel vino dici di trovare quello che non hai piú. È vero?

– L'è vera.

– E posso sapere cos'è?

– 'nduina.

Immaginavo la risposta giusta, ma per delicatezza ne diedi due sbagliate.

– La giovinezza?

– I ball de fraa Giuli!

– Le donne?

– Sí, dumàn!

– Tuo padre?

– Ècula.

– E lo trovi sempre?

– Magara! Sun fortünaa se 'l vedi dü o trii volt al mes...

– Ed è sempre come me l'hai descritto, alto, bello, con i baffi, in divisa?

– Inscí, semper inscí.

– E ti dice qualcosa?

– Gnent!

– Come?

– Se t'hoo ditt gnent l'è gnent!

– E tu gli dici qualcosa?

Scosse la testa.

– Ma allora cosa fate? Vi guardate in silenzio?

– Propi.

– E lui ti sembra contento di vederti?

Scosse ancora la testa tenendo gli occhi bassi. Povero Felice, doversi ubriacare per recuperare un padre che era poco piú di una stampa dell'Imagerie d'Épinal... Bisognava subito cambiare discorso.

– Senti, il vino dei Kropoff lo facevi tu?

– Mi cüravi la vigna, fasevi la vendemia, schisciavi l'üga: ma el vin l'era afàr sò.

– Del vecchio?

– Del vecc.

– E il mosto?

– Anca.

– E secondo te perché lo metteva nelle bottiglie?

– Ah, mi soo no.

– Non gliel'hai mai chiesto?

– Mi, parlà cunt el vecc, men ghe parlavi e mej l'era.

– Sai cosa mi viene in mente?

Mi guardò fra lo spiraglio delle palpebre ingrommate.

– Che quello nelle bottiglie non sia mosto.

– 'pèna!

– Scommettiamo? Perché non vieni giú con me?

– Gnanca mort.

Cosí andai giú io, presi una di quelle bottiglie e la portai in legnaia. Lí la spaccammo con la punta di un martello, e il presunto mosto fu liberato. Occupando poco meno di metà bottiglia ora formava un cilindro solido, piuttosto pesante a maneggiarsi. Sulle mani lasciava tracce brune come di ruggine.

– T'ee vist? L'è must.

– Odora un po'.

Gli porsi il blocco, che sapeva di ferro e di rame.

– Non mi sembra che sappia di mosto, anche se è passato tanto tempo.

– Ti te gh'ee resún, l'è minga must – e impallidí.

Con un'altra martellata sbriciolai parte del cilindro, poi presi un po' di frammenti e li misi in un secchio facendoci cadere sopra un filo d'acqua. Poi agitai. Quando in fondo al secchio ci fu solo un liquido denso me ne bagnai le dita, dopodiché le annusai. Volevo l'avventuroso peggio? L'avevo avuto.

– Toh, senti anche tu – dissi al Felice porgendogli il secchio. Ci mise dentro la faccia come un cavallo che si abbeveri, poi riemerse bianco e violaceo con la bocca aperta.

– L'è sangu vacaboia!

Era sangue. In cantina i Kropoff ci avevano lasciato almeno venti bottiglie piene a metà di sangue secco.

– Michelín, l'è sangu!

– È sangue sí...

– E adess?

– Intanto non lo diciamo a nessuno. Poi dovremmo stabilire se è sangue umano o no.

– Eh, ümàn, figürass! Sarà de cunili, de purscell, de vaca... Po' vess che vuleven fà el sanguinacc...

– Ma scusa, non te lo dissero loro che era mosto?

– Sí...

– E per fare il sanguinaccio c'era bisogno di mentirti? Ragiona!

– Rüss de merda...

– Anche mio nonno è convinto sia mosto, dunque hanno mentito anche a lui.

– Pensa se cun quel must me vegniva in ment de fagh el vin...

– Non è escluso che i Kropoff se lo bevessero...

– Alura l'è vera che i comunist beven el sangu di fiulitt...

– Felice! I Kropoff non erano comunisti, erano zaristi!

– Semper rüss.

– In effetti i vampiri vengono dalla Transilvania, che non è molto lontana dalla Russia...

– A savell prima ghe davi no tütta sta cunfidensa...

– Comunque per sapere se è sangue umano o no bisogna farlo analizzare: e primo, non conosco nessun laboratorio; secondo, se fosse umano non voglio essere costretto a giustificarne il possesso... L'unica sarebbe mandare mio nonno e fargli dichiarare che le bottiglie erano dei russi, ma non lo farà mai.

– E parchè no?

– Perché non vuole guai.

– E alura?

– E allora niente, qua puliamo tutto e in cantina non tocchiamo piú niente.

L'idea di escludere definitivamente la cantina dai nostri programmi gli piacque tanto che si mise subito a pulire per terra senza dire una parola. Io però con la cantina non avevo chiuso, perché c'era sempre quella botte.

Quando dieci minuti dopo puntai la torcia dentro la botte vidi che le poche lumache che l'ultima volta si diportavano sulla superficie del pastone indurito erano morte. Evidentemente anche fuso con tutti quei molluschi e nonostante la durezza della crosta il verderame aveva agito, e le incaute giacevano rattrappite e avvoltolate su se stesse nell'ultima posa concessa loro dall'agonia. Rimisi a posto il coperchio: in cantina mio nonno non scendeva quasi mai, e tantomeno sbirciava nelle botti, ma era meglio essere prudenti.

Quella sera, mentre i nonni vedevano uno sceneggiato con Aroldo Tieri e Sergio Fantoni, presi un cartoncino e scrissi in ordine alfabetico gli elementi principali di tutta la storia come fossero tarocchi. Dunque scrissi:

L'Amnesia
La Botte
La Cantina
La Casa
Il Coniglio
Il Francese
La Guerra
L'Insalata
Il Lago
La Legnaia
La Lumaca
La Madre
La Memoria
La Morte
La Nonna
Il Nonno

Gli Occhi
L'Orto
Il Padre
Il Paese
Il Papa
Il Parroco
Il Partigiano
Il Presidente
Il Russo
Il Samovar
Il Sangue
Il Tedesco
L'Uva
Il Verderame
Il Vino

Mancavamo il Felice ed io, però, ma che carte eravamo?
Il Contadino e Il Ragazzo? L'Ubriaco e Il Bambino? O dovevo chiamarci con i nostri nomi, Felice e Michelino? Anche la Carmen mancava, mentre non si sa con qual diritto figurava La Madre. La vera madre... il mare verde... il verderame... una vera merda... dare al verme quel ch'è del
verme... A giocare con le parole si finiva sempre cosí, nel-
l'insensato...

Ricapitolai i punti salienti della storia dividendoli secondo verosimiglianza e inverosimiglianza, probabilità e impro-
babilità; separai ciò di cui ero stato testimone da ciò che mi
era solo stato raccontato; individuai contraddizioni e aporie;
stabilii una tavola di corrispondenze fra le trasfigurazioni del
Felice e i fatti che dovevano averle provocate; sospesi in una
zona limbica tutti gli elementi su cui era impossibile sapere
qualcosa... Eppure, contro quell'intenzione positiva agiva in
me uno spirito di decadenza e di abbandono che mi faceva
privilegiare proprio le cose piú assurde e misteriose: gli occhi del Gran Coniglio, il parlottio sotterraneo dei francesi,
il mio io «di prima», la divisa da ufficiale dei dragoni non si
lasciavano razionalizzare né mettere da parte, e mi si impo-
nevano con la forza del loro incommentabile fascino...

Capii che in quella sinossi sarei naufragato, e che per pro-
filassi mi conveniva esaminare una questione per volta. Scel-

P E N N E Y S
Operated by PRIMARK
Penneys
Nutgrove Shopping Centre
Rathfarnham, Dublin 14
Telephone: 01 493 2528

SALE

8827544 STRETCH CREW LS	4.00
8626947 SKINNY FIT 10G L	8.00

Total	€12.00
Cash	€12.00

Store 0042   Till: 002   Tran: 086334
Date: 30/04/15   13:17   User: 0012221

Item(s) Sold: 2
Item(s) Returned: 0

Refund & Exchange policy

We are happy to offer a refund or an
exchange on any unwashed item until
28/05/2015, provided the goods are returned
in saleable condition with a receipt

No refund or exchange on briefs/boxers
or brief sets

This does not affect your statutory rights

THANK YOU

Penneys Gift Cards Now Available in Store

01200208633

WEEE Registration Number

si di partire dalle lumache, perché in quella botte qualcuno le aveva pur dovute mettere. Senza curarmi del perché, aspetto che per il momento trascendeva le mie forze, decisi di preoccuparmi del come. E arrovellandomi trovai il punto in cui potevo essermi ingannato: quando vedendo quelle nuove lumache strisciare sopra il crostone avevo stabilito che non potendo essere salite dal basso anch'esse dovevano essere state portate lí da qualcuno. E potevo essermi sbagliato perché il fasciame di quelle doghe era cosí lasco e sconnesso da lasciare facilmente fra il legno e l'immonda pasta di lumache qualche intercapedine lungo la quale le ultime moriture sarebbero potute strisciare all'insú. Cosí con l'aiuto di una pertica feci leva sulla botte e dopo un po' di sforzi riuscii a rovesciarla: cadendo si disuní in un intrico di doghe e di ferri arrugginiti, ma il contenuto restò intatto. Visto da sotto sembrava caciucco congelato, una cosa raccapricciante: ma ancora piú spaventosa fu la conferma alle mie supposizioni, perché nel suolo della cantina, là dove per chissà quanti decenni era rimasta quella botte, si apriva ora, patente e nero, un buco di forma irregolare del diametro di un pugno. Smuovendone le pareti con un bastoncino mi resi conto che la cantina non aveva pavimentazione di alcun tipo, e che sorgeva direttamente sulla terra battuta: da quella specie di galleria di talpa le lumache erano dunque salite in frotta, o richiamate da qualcosa, o in fuga da qualcos'altro, e imbattutesi nel fondo marcio di una botte vi erano facilmente penetrate, riempiendola quasi fino all'orlo. A questo punto il Felice avrebbe tirato sicuramente in ballo i francesi sepolti: nel dubbio io corsi in legnaia a preparare in un secchio un po' di verderame, poi, assicuratomi che nessuno mi vedesse, tornai laggiú e lo versai dentro nel buco, che lo bevve con avidità. Naturalmente mi aspettavo che dalle viscere della terra salisse un lamento, e altrettanto naturalmente mi convinsi di averlo udito.

Potevo ingannare il Felice su tutto tranne che sul verderame. Bastava che ne mancasse una stecca e se ne accorgeva ancora prima di guardare nel sacco, cosí quando venne ad innaffiare l'orto lo aggiornai sugli ultimi casi della cantina. Contro ogni mia aspettativa reagí con blanda disapprovazione, e

presto capii perché: il fatto che nonostante la mia impruden-
za non mi fosse successo nulla mi rendeva ai suoi occhi un
individuo dotato di poteri speciali o di speciali privilegi. Ma
non dovevo esagerare, perché dài e dài «loro» si sarebbero
stancati della mia insolenza...
     – Sarebbero i francesi, 'sti «loro»?
     – No.
     – Perché una buona volta non mi dici chi sono? Magari ti
posso aiutare.
     – Parchè... parchè se te disi che gent l'è... se tel disi mas-
sen anca mi.
     – Come anche te? Chi hanno già ammazzato?
     – Quij de sott, i frances.
     – E quando?
     – Eh, l'è passaa tant de quel temp che pudaría recurdamm
nagott gnanca cun la memoria a post.
     – Ma quelli che hanno ammazzato i francesi, erano te-
deschi?
     Scosse la testa come fossi lontanissimo dalla verità.
     – Russi?
     Un leggero scuotimento stilizzò il precedente come per ci-
tarlo in economia.
     – Italiani?
     Annuí, grave e solenne.
     – Italiani?!
     – Italian, italianissem.
     – Vivi o morti?
     – Mah, quaivün mort, quaivün vif...
     – Ma chi erano, gente di Nasca?
     – De Nasca, de Sarigh, de Mucen, de Domm, de Musa-
din...
     Mai, da quando tutto aveva avuto inizio, ebbi la sensa-
zione di essere vicino alla verità come in quel momento, anche se tanta eloquenza e tanta precisione da parte del Felice
erano a loro volta un mistero.
     – Sembra che tu stia parlando di una banda partigiana, te
ne rendi conto?
     Sporgendo in fuori le labbra fece la faccia di chi ostenta
un'assoluta indifferenza.

– Ma perché dei partigiani avrebbero dovuto far strage di francesi?

– Eh, va' a savell...

Era tornato il solito Felice, catafratto nelle sue difese. Per rientrare nelle sue grazie gli dissi che se proprio ci teneva avrebbe potuto far fuori un po' di lumache: mentre parlavamo ne avevo viste tre o quattro strisciare fra la cicoria, e avevo notato che le aveva viste anche lui. Non se lo fece ripetere, e presa di corsa la vanga dalla legnaia procedette senz'altro alla chirurgica dissezione.

– Ti senti meglio adesso?

– Orpo! – e scaracchiò sul lacerto di cadavere piú vicino.

– Oh, attento che poi quella cicoria la mangiamo, eh?

Rise sgangheratamente. Lo vidi cosí contento che senza secondi fini gli diedi un permesso illimitato di strage: quasi mi baciò le mani dalla gratitudine. Povero Felice...

Nei giorni successivi constatai quanto l'eliminazione delle lumache rosse fosse sistematica: le altre specie invece potevano aggirarsi per l'orto e perfino sbocconcellare un po' di lattuga senza correre alcun pericolo. I cadaveri putrefatti delle lumache rosse non sembravano impressionarle affatto, ciò che mi fece riflettere su quanto possano essere distanti fra loro tipi di animali che noi umani, a partire dalla lingua, consideriamo uguali.

Peccato che i francesi sottoterra non fossero come le loro lumache, perché una volta ridotti a scheletri non si sarebbero piú distinti dai tedeschi o dai russi. E io questo adesso volevo fare, trovare uno di quei francesi.

Il punto piú adatto era dietro il larice, fra le felci: lí nessuno avrebbe potuto vedermi all'opera. L'ora piú sicura era subito dopo cena, quando era ancora chiaro, il Felice era all'osteria e i nonni davanti alla televisione: quella sera lo sceneggiato era con Marina Malfatti e Andrea Giordana, cosí andavo sul sicuro. Presi una vanga piú leggera di quella che il Felice usava come ghigliottina e mi misi al lavoro. La terra era morbida, come sapevo da sempre, ma non avevo fatto i conti con l'intrico di radici che il larice, la picea e il pruno irradiavano ovunque. Cosí lavorai anche di cesoie, e quando venne buio la mia fossa aveva ancora una profondità ridicola. Coprii tutto con frasche e felci, e tornai al lavoro la sera successiva, auspici Orso Maria Guerrini e Rossella Falk. Quella sera c'era anche uno spicchio di luna e il cielo era sereno, quindi lavorando sodo c'era speranza di trovare qualcosa prima che lo sceneggiato finisse. Invece anche quella volta dovetti interrompermi: voleva dire che la sera buona sarebbe stata la terza, quando Loretta Goggi faceva finta di essere un maschio nella *Freccia nera*.

Quando se no, se non in una serata stevensoniana, avrei potuto veder biancheggiare un femore alla luce della luna? Incurante delle fiacche che mi piagavano scavai tutt'intorno con le mani, e in preda all'esaltazione non mi fermai finché lo scheletro fu interamente scoperto. Intatto e ancora composto, come d'uno che dorma. Corsi in casa a prendere un pennello: il vocione di Arnoldo Foà concionava, avevo ancora un po' di tempo. Con le setole spazzolai via delicatamente la terra dalle ossa, e solo alla fine, quando arrivai al cranio, scoprii la causa della morte: unico segno di violenza in tutto lo scheletro, si apriva nella nuca un forellino. Dunque si era trattato di una esecuzione, «loro» avevano condannato e ucciso «questo».

Serve che descriva le sere successive, sera dopo sera per una dozzina di giorni? Non so come avrei fatto senza Giulio Bosetti e Paola Pitagora, Alberto Lionello e Umberto Orsini, Ilaria Occhini e Adalberto Maria Merli, Ubaldo Lay e Massimo Serato, ma alla fine, che fu una fine convenzionalmente stabilita per non attaccare zone di prato non sufficientemente nascoste dagli alberi, potei contare quindici scheletri di uomini adulti. Alcuni avevano lo stesso foro di proiettile alla nuca e qualcuno alla tempia, ma altri avevano molti piú buchi nelle scapole, nello sterno, nei femori, come fossero stati falciati da una raffica di mitra. Dovevano essere stati giustiziati e comunque sepolti da nudi, perché per quanto cercassi non trovai un solo brandello di divisa o vestito, la fibbia di una cintura, un bottone, una mostrina, un pezzo di cuoio, niente di niente. E naturalmente nemmeno armi. Altri tedeschi fucilati dai partigiani? Partigiani fucilati dai tedeschi? Non avevo un elemento che fosse uno. Solo la versione del Felice, secondo il quale erano francesi. Possibile che un distaccamento di francesi avesse incontrato i tedeschi mentre questi si stavano ritirando, e ne fosse nato uno scontro a fuoco? In tal caso dovevano essere un po' francesi e un po' tedeschi, ma chi si era preso la briga di seppellirli in un frangente cosí concitato? Certo non i sopravvissuti, di qualunque parte fossero. Allora gli italiani, non fosse che per evitare un contagio: in questo caso, però, perché tanta segretezza? Perché a guerra finita la cosa non venne fuori e non si traslarono le salme in un sito piú acconcio? Perché chi sapeva taceva? Lo stesso Felice aveva detto che alcuni dei responsabili di quell'eccidio erano ancora vivi, e che era gente di qui, della «valle». Ero sicuro che la Carmen era fra chi sapeva, ma ancor piú sicuramente sapevo che non si sarebbe lasciata sfuggire una sola sillaba. Forse potevo farla cadere in trappola con un bluff, ma per questo avrei dovuto menzionare il Felice e dunque metterlo nei guai. Quindici morti: chissà scavando in tutto il giardino quanti ne sarebbero venuti fuori... Quindici uomini sulla cassa del morto, piú Stevenson di cosí, sí, forse ero un bambino fortunato, forse era il premio per la mia ostinazione a rimanere bambino e non crescere mai, lo voglio adesso figuriamoci se non lo volevo allora che avevo tredici anni e mezzo...

Le lumache mangiavano i ricordi... questa purtroppo era solo un'ossessione del Felice, altrimenti la battaglia sarebbe stata nobile e bella, degna di uno di quei film di fantascienza che mi piacevano tanto, *L'invasione degli Mnemofagi*, *I Gasteropodi dallo spazio profondo*... Ancora piú assurda era la pretesa che fossero i francesi ad inviarle, come per vendicarsi... L'idea della vendetta non era però da buttar via: se il Felice sapeva qualcosa di quell'eccidio, se vi aveva assistito o addirittura preso parte, era verosimile che un senso di colpa gli facesse vivere la perdita della memoria come una meritata punizione...

Il pensiero di quanti corpi potessero essere stati sepolti nel nostro terreno mi fece immaginare la cosa piú antiscientifica che potesse venirmi in mente, e cioè che quella razza di lumache fosse nata allora, diventando cosí cicciotta e cosí rossa per essersi convertita dalle insalate alla carne e al sangue di tutti quei caduti... Antiscientifica, beh, sí, anche se... ma no, che sciocchezza, per mangiare i morti le lumache si sarebbero dovute muovere sottoterra come talpe, non mi risultava che fosse possibile... Alla fine dovetti sincerarmene: presi una lumaca rossa di considerevoli dimensioni, smossi un po' di terra e ce la misi sotto. Dopo un'ora tornai a controllare: la lumaca era morta soffocata, senza essersi spostata di un solo millimetro.

In tutto questo, chi continuava a latitare era il padre. Sempre piú mi persuadevo che non potesse trattarsi del giovane Kropoff: arrivato non prima del 1917, e anche ammettendo che ingravidasse subito una popolana, suo figlio avrebbe avuto una cinquantina d'anni, troppo pochi per il Felice. È vero che la sua vita aveva tutto per farne un individuo che porta male gli anni: abbandoni e traumi infantili, tare ereditarie, un volto devastato dal vaiolo e dalle macchie, una bocca sdentata, un lavoro durissimo senza mai una vacanza, l'alcolismo, l'abitudine di maneggiare il verderame senza protezione, ce n'era abbastanza per invecchiare un uomo di dieci anni, eppure quel giovane russo non mi convinceva... Intanto la sua elegante divisa era chiaramente dovuta a qualche immagine riprodotta in una rivista, perché era impensabile che un fuoruscito si pavoneggiasse in tenuta zarista in un paese dove se non i sicari di Stalin c'erano comunque i partigiani: anche in questo caso era facile obiettare che il Felice poteva aver visto una fotografia del padre, ma perché costui avrebbe dovuto fargliela vedere, se lo aveva escluso dalla propria vita? La fotografia poteva essere appoggiata su qualche mobile e il Felice averla vista per proprio conto, insisteva l'immaginario contraddittore, ma sarebbe stato prudente, per quei fuggiaschi, esibire una cosí eloquente immagine del loro passato al primo artigiano o messo comunale che fosse entrato in casa? Le informazioni in mio possesso erano poche ma tutte suggerivano che i Kropoff fossero molto spaventati e stessero sulla difensiva: e proprio il figlio non era indiziato di essere un «coniglio»? Dunque, per la proprietà transitiva che la confusione mentale del Felice stabiliva fra parola, immagine e cosa, escludere la divisa del giovane Kropoff significava escludere il giovane Kropoff: un metodo brutale, ma non ne avevo altri a disposizione. Per finire di convincermi e chiudere almeno quel cassetto mi sforzai di immaginarmi il Felice come un contadino tolstojano o un'«anima» di Gogol', ma non ci riuscii: no, non aveva proprio niente del russo, anche se per me allora i russi erano tutti uguali a Gagarin...

L'eliminazione del giovane Kropoff significava, a voler essere coerenti fino in fondo, l'eliminazione del padre, di qualsiasi padre. L'ostinazione del Felice a descrivermelo fulgente in alamari e speroni era resa possibile da un vuoto: ci fosse stato qualcosa di alternativo – qualcosa di varesotto – ne sarebbe venuto un conflitto, i piani si sarebbero contaminati. Invece questo qualcosa non c'era, non c'era niente, nemmeno il sentore di un brivido. Anche la madre era un vuoto, ma... come avevo fatto a non pensarci prima? Fesso che ero, grandissimo fesso!

Due vuoti, sí, ma una cosa c'era, piena e presente. C'era una casa.

A memoria di tutti il Felice aveva sempre abitato lí. Era già solo, all'arrivo dei Kropoff? Comunque fosse, la casa doveva appartenere a qualcuno, e non essendo intervenute variazioni come per il nostro appezzamento i registri dell'amministrazione fascista dovevano conservare il nome del proprietario. Dovevano! Non c'era un oscuro pregresso di cui lo smanioso futurismo fascista poteva permettersi di non tenere piú conto, si dava continuità, lí, tradizione che resisteva...

Convincere mio nonno a darmi un'altra delega fu dura, tanto che non la spuntai prima di essermi avvitato in una serie mostruosa di fandonie. In Comune mi trattarono con sospetto, ma mi diedero ciò che volevo. Compulsai la mappa catastale piú antica di Nasca, risalente al 1923: individuata l'unità del Felice mi appuntai le sigle di riferimento, poi cercai nei registri e mi venne un colpo. Unica proprietaria risultava una certa Bianchini Marisa detta La Màcola; una piccola croce prima del nome ne attestava la morte. Màcola, non Màcula! Mi feci ridare il registro che riguardava casa nostra e riconsiderai attentamente la postilla: effettivamente quella che avevo preso per una *u* poteva benissimo essere una *o* mal scritta... Avevo perso un bell'anagramma, ma in compenso avevo guadagnato una possibile madre, una madre trasversale alle due unità catastali...

Tornai dal parroco, e dopo avergli promesso che avrei frequentato l'oratorio gli chiesi di tirar fuori un'altra volta i registri parrocchiali. Lo fece sbuffando, credo solo per riguardo a mio nonno. Se la madre era lei, se il Felice era piú vicino ai sessanta che ai cinquant'anni, e se il fatto di non avergli dato un cognome significava che quando lo partorí era anco-

ra molto giovane, doveva essere nata fra il 1890 e il 1895:
per una forma di pietà partii dall'anno piú antico, e bene feci, perché in data 8 febbraio 1891 trovai: «Quest'oggi alle
ore 7 del mattino è nata Marisa Angela Noemi, di Bianchini
Alfredo e Baruffaldi Marta».

Marisa... Se ricordavo bene Marisa era anche la prima
donna con cui il Felice mi disse di essere stato... poteva essere una coincidenza, oppure no, in tutta innocenza nominò
la madre come la sua «prima donna»... Peraltro non si ricordava nulla, di quella madre, e la mia paura era che par-
landogliene io il mio racconto diventasse automaticamente
anche la sua verità... Marisa detta La Màcola, perché? Per
una macchia viola sul volto lasciata in eredità al figlio? Ma
perché casa nostra risultava «ex Macola»? Possibile che i
Kropoff l'avessero acquistata da lei, una poveretta che non
era nemmeno riuscita a dare il proprio cognome al bambino? E perché a casa del Felice non c'era un solo segno che
parlasse di lei, un ritratto, un cestino di fili e bottoni, una
spazzola da capelli, un vestito, una collanina? Chi aveva fatto quel repulisti, e perché? Come sempre, piú facevo progressi piú si aprivano le domande, a ventaglio. Le ultime acquisizioni anagrafico-catastali valevano almeno quanto i
quindici scheletri se non di piú: ma io ero sempre a un punto morto.

Poco prima di cena il Felice venne a dar da mangiare alle
galline. Accompagnatomi a lui, gli chiesi se avesse sempre
abitato in quella casa.

– Semper.

– Sicuro?

– L'è minga una cosa che se smentega, la cà.

– Però hai dimenticato tua madre – osservai crudelissima-
mente. Infatti rimase in silenzio.

– Non hai ricordi di voi due insieme in quella casa?

– No. Né in quella cà, né de nissün'altra part.

– Senti, quella macchia viola che hai in faccia, hai mai conosciuto qualcun altro come te?

– Vacaboia se n'hoo vist! El Lüis, el Franceschín, e anca
quell là che fa el mecanegh a Ronchian, 'me'l se ciama? Ah
sí, el Rossini.

Era troppo facile, ma era un invito al quale non potevo
dire di no.
– Rossini? Come il musicista.
Fece una specie di indecifrabile grugnito.
– Quello di Figaro, sai, Figaro qua Figaro là...
– Ah, quell lí.
– Quello, sí. Sai che i suoi amici per prenderlo in giro lo
chiamavano Bianchini?
Un altro grugnito, mentre io volevo sprofondare dalla ver-
gogna.
– E parchè?
– Rossini, Bianchini: è un gioco di parole.
– Ah.
– Ma l'hai capito?
– Gh'è minga tant de capí, me par.
Mi ero abbassato a tanto per niente. Ma a quel punto non
potevo piú fermarmi.
– Non è un brutto cognome, Bianchini. Anzi io lo prefe-
risco a Rossini.
– Mi preferissi Verdín, Marunscín, Celestín... – e rise
cosí forte che spaventò tutte le galline. Mi chiesi se non
mi stesse prendendo in giro, e non da quel momento sol-
tanto.
– Comunque di gente con macchie sulla faccia solo uomi-
ni, a quanto ho capito. Donne nessuna?
Si arrestò con il pugno a mezz'aria sul punto di gettare il
miglio alle galline. Rimase cosí un tempo che mi sembrò in-
terminabile, poi gettò i semi, si sfregò la mano sulla coscia,
e richiudendo il pollaio mi guardò fisso negli occhi.
– Ṭi te voeuret dimm quaicoss, l'è vera?
– È vero.
– E alura dímel!
– È che non so se sei pronto.
– L'è brütt, alura.
– No, per niente, però...
– Però cosa?
Non lo sapevo neanch'io. Cosí, con il maggior tatto di cui
fui capace, gli parlai di sua madre, di quella che *quasi sicura-
mente* era sua madre.

– Bianchini Marisa... Bianchini Marisa... Bianchini Marisa...

Ripeteva meccanicamente quel nome come per dargli corpo e realtà, ma vedevo che la litania non funzionava.

– Bianchini Marisa... la Màcola... par quest ti te m'ee dumandaa se mi cugnussevi quaivün cunsciaa cumpagn de mi?

– Sí, perché era un particolare che poteva fartela tornare in mente... e perché potrebbe essere una cosa ereditaria...

– Alegher! Del mè papà erediti la perdita di record, de la mè mama i smagg in faccia!

– Deciditi: non erano le lumache dei francesi a mangiarteli, i ricordi?

– Oé piscinín, fa minga el furb, neh? Che mi sun gnancamò rimbambii del tütt!

Tremendo, mi apparve. E fu un sollievo. Avrei voluto che prendesse un forcone e mi inseguisse, perché del mio mostro non solo avevo una gran nostalgia, ma anche un bisogno pratico per poter andare avanti nelle indagini insieme a lui. Era piú divertente, con lui, molto piú divertente. Ma come facevo a dirgli che avevo trovato gli scheletri? Questa era la cosa che gli avrei detta per ultima, se proprio fosse stato indispensabile.

Cercai di rabbonirlo. Ormai ero diventato un perfetto ruffiano.

– Nome dell'orzata?

– Ursada. Che rassa di dumanda l'è?

– Volevo vedere se ci cascavi. Anno in cui siamo?

– Mil... noeufcent... sesanta... sesantatrii!

– No, quello è l'anno in cui hanno assassinato Kennedy.

– Ah già, poer crist... Alura... milnoeufcentsesantòt!

– Quando hanno ucciso suo fratello.

– Famija de desgrasiaa... Alura 'l sesantanoeuf.

– Giusto. Nome di mia nonna?

– Regolissia, Letissia!

– Benissimo!

E cosí, come un verme, me ne andai lasciandolo gongolare.

Due giorni dopo ero di nuovo a casa sua. Fingendo di scegliere a caso indicai il samovar e lo invitai a toccarlo.

– Sai cos'è, questo?

– Una volta 'l savevi, dess no.

– Serve a fare il the.

– Ah. Me pias no, el tè. E ghe voeur un arnes gross inscí?

– Si usa in Russia, o almeno si usava un tempo.

– Sti rüss, varda un po' che trà via de material...

– Ma è anche un oggetto decorativo, alcuni valgono anche tanto.

– E quest chí, quant el pudaría custà?

– Se non lo sai tu... Non ti ricordi da dove viene?

– L'è roba di Kropoff.

Non mi aspettavo che li nominasse senza difficoltà. Dunque non doveva averglielo rubato.

– Te l'hanno regalato loro?

– Regalaa... regalaa...

Si bloccò come un meccanismo che si inceppi. Era vicino
a ricordare qualcosa ma quella stessa vicinanza doveva surri-
scaldargli il cervello.

– Non aver fretta, continua a toccarlo, stringilo con tutte e due le mani.

Obbedí in silenzio, con gli occhi chiusi. Da come gli si im-
biancavano le nocche si capiva che lo stava stringendo come
volesse estorcergli a forza i suoi segreti. Dopo un bel po' di
tempo parlò con un filo di voce.

– El cuntratt... me recordi d'un cuntratt, ma se pudeva
minga finill, mancaven de danee.

– Quale contratto?

– Mi gh'avevi venduu quaicoss, ai rüss, dess recordi no, quaicoss... quaicoss... 'somma, me duveven di danee, quella gent lí, ma ghe n'aveven no abastansa... Inscí el vecc el m'ha menaa denter in cà e 'l m'ha ditt de catà sü quaicoss de bell, quaicoss che me piaseva, inscí de vess pari e fà sto cuntratt... Mi g'hoo vardaa intorna, e l'ünich arnes ch'el m'è piasuu l'era sto cardensún, inscí g'hoo dumandaa quant el pudeva custà, e lü el m'ha ditt: tantissem. Ditt e fatt, gh'emm firmaa el cuntratt e mi g'hoo purtaa a cà sto bestiún, che alura 'l savevi minga che'l dupraven par fà el tè...

Guardai meglio il samovar: adesso che sapevo com'erano andate le cose non mi sembrava piú tanto prezioso: l'argento poteva essere alpaca (il famigerato «argentone»!), l'ebano un legno qualsiasi laccato di nero... Ma cosa, cosa poteva essere stato l'oggetto di quella compravendita perché si dovesse aggiungere ai soldi un bene materiale, benché millantato? Tanto per chiedere domandai al Felice se si ricordasse di quanto denaro si trattava.

– Tel see ti? Gnanca mi! Se me daven di noster danee, alura sí, ma quella muneda lí chi ghe capiss quaicoss?

– Come, quella moneta lí? Cosa ti hanno dato?

– Muneda di rüss, cosa me duveven dà?

– Rubli?

– L'è mej che te vardet ti – e dalla mensola che stava sopra il lavandino prese un barattolo di cacao Due Vecchi.

– Vuoi dire che li hai ancora lí dopo tutto questo tempo?

Aprii il barattolo: dentro c'era una mazzetta di rubli arrotolati, tutte banconote da dieci.

– Pudevi minga spendej, no? In Italia l'è minga bona, sta muneda.

– Ma potevi andare in banca a cambiarla, o pretendere che lo facessero i Kropoff!

– Bah, uramai l'è andada inscí.

– E proprio non ti ricordi cosa gli hai venduto?

– No.

Poi, all'improvviso, ebbi un'illuminazione che mi fece male. Pregai che non fosse vero, ma sapevo che lo era. Ex Macola.

– Felice, sarà stata mica la nostra casa?

– La cà, ècula, che stüpid, la cà, com'avevi faa a smente-gamm?

Un'antica casa su tre livelli piena di mobili e di arredi antichi, un ettaro di giardino con alberi d'alto fusto, tre ettari di frutteto, due orti, un fienile, una rimessa, una coniglièra, una legnaia, un pollaio, un muraglione perimetrale, un viale d'accesso lastricato di ciottoli di fiume, i Kropoff si erano presi tutto questo per quel rotolino di sudici rubli e un patàccone per il the! Per un attimo mi sognai come un agente del KGB, con quei tre truffatori inginocchiati davanti a me per ricevere il colpo di grazia... Presi in prestito una banconota e corsi da mio nonno fingendo di averla trovata dentro uno dei pochi libri russi che i Kropoff avevano lasciato in biblioteca: gli chiesi quanto potesse valere, e dopo che ebbe consultato un trattato di numismatica e una storia della rivoluzione russa mi disse che il rublo aveva sempre avuto vicende tormentate e valori fluttuanti, e che per esempio verso il 1913 100 rubli valevano circa 300 lire di allora, corrispondenti a due milioni del 1969; che durante la guerra il rublo si svalutò di un terzo, e che nel 1917, dopo la caduta dello Zar, perse il 90% del suo residuo valore; quindi che il nuovo rublo sovietico nacque grazie a una svalutazione vertiginosa, durante la quale i vecchi rubli zaristi conobbero una corrispondente rivalutazione alla borsa nera o fuori della Russia... Lo interruppi e corsi via con il mio foglietto di appunti: se i Kropoff erano partiti carichi di moneta zarista, forse il prezzo pagato al Felice non era poi cosí esiguo: del resto come avrebbero fatto a portarsi dietro moneta dei Soviet? Né io mi ricordavo di aver visto su quelle banconote la falce e martello... Mi feci ridare dal Felice il barattolo ed estrassi una banconota: la falce e martello non c'era, ma in compenso c'era una data beffarda: ottobre 1917... Un rublo che non era piú zarista perché Nicolaj Romanoff era caduto a marzo, e che non era ancora sovietico perché i nuovi rubli non apparvero prima del 1918... Cosí per andarsene dalla Russia i Kropoff avevano aspettato proprio l'ultimo momento, si saranno tenuti i vecchi rubli ma per tutti i beni venduti in extremis avranno dovuto accettare quei rubli limbici, cartaccia da rifilare agli ingenui come il Felice... Contai le

banconote, erano venti, poi feci un po' di calcoli e conclusi che quei 200 rubli non valevano attualmente piú di 150.000 lire! La nostra casa e tutto il resto, 150.000 lire e un samovar! Non avrei mai piú bevuto una goccia di the in tutta la mia vita.
– Ma perché? Perché? Perché non ti sei informato, non hai chiesto l'assistenza di qualcuno, perché?
L'avrei strozzato. Si strinse nelle spalle.
– Non dirmi perché avevi bisogno di soldi, visto che non li hai mai spesi.
Si strinse ancora di piú. Volevo sempre strozzarlo, ma anche stringerlo nell'abbraccio piú affettuoso del mondo.
– Tua madre era già morta, vero?
Fosse stata viva, non si sarebbe lasciata fregare cosí. Non lei.
– G'hoo smentegaa tütt, de la mè mama. Però...
– Però?
– Però me recordi che 'l cuntratt coi rüss l'hoo faa mi sansa dí gnent a nissün, e che quand hoo purtaa el samovacc a cà sun restaa in de per mi.
Maledetti Kropoff! Zaristi di merda! Non solo erano venuti a infettare una terra già maledetta da Dio, ma si erano presi un'intera proprietà per un tozzo di pane ingannando un povero di spirito! Altro che principe Myškin, qui c'era la purezza oltraggiata, qui era stata stuprata l'innocenza creaturale... L'avevano ingannato, circuito, plagiato, quanti anni avrà avuto? Un orfano di non ancora dieci anni che non aveva mai conosciuto il padre e aveva appena perso la madre, un reietto senza cognome, nell'Italia martoriata dalla guerra, magari pochi mesi dopo Caporetto, in un paese senza uomini perché erano tutti al fronte, per i Kropoff dovette essere una pacchia... Chissà il Felice quanti segni di squilibrio mentale aveva già dato per incoraggiarli all'odiosa usurpazione...
E poi lavorò sotto di loro per anni! Dal 1917 o 1918 fino al 1955, quando sparirono subito dopo aver venduto tutto a mio nonno... E mi immagino quanto dovevano pagarlo, con la scusa che era un minorenne, poi... Forse gli davano solo un po' di frutta e di verdura e qualche uovo, eccezionalmente un coniglio... Povero bambino! E poi povero giovane, e

poi poveruomo! E quando mio nonno divenne il padrone, egli sperava ancora di poter essere accolto in una casa che era stata sua! Ma probabilmente l'aveva dimenticato da un pezzo, perché era sempre piú chiaro che la sua malattia era molto piú antica di quanto mi avesse fatto credere all'inizio, mi aveva chiesto aiuto perché stava perdendo la memoria, sí, ma la stava perdendo da mezzo secolo...

Io, piuttosto, dovevo incominciare a stare attento a trattenere in una sinossi mentale tutti gli elementi della storia, dai fatti accertati ai racconti piú o meno verosimili del Felice alle mie ipotesi, perché solo tenendo tutto insieme potevo sperare di sceverare il falso dal vero e di arrivare a qualche conclusione decente. L'epifania della madre aveva ridimensionato e forse cancellato la figura del padre: quelle che invece rimanevano saldamente installate al centro del quadro erano le lumache. Stando ai libri l'Arion rufus poteva raggiungere una lunghezza di 15 cm: io però, con i miei occhi, ne avevo viste anche di 20, e nella botte perfino qualcuna di 22 o 23. Veri mostri dunque, che sembravano avere eletto le nostre erbe a loro patria. L'esperimento della terra aveva dimostrato che non potevano muoversi sottoterra, o meglio che non potevano muoversi *scavando*: ma se avessero trovato gallerie e cunicoli già formati? Se dal cimitero dei francesi alla nostra cantina le talpe avessero messo a loro disposizione una rete di passaggi, gli Arion si sarebbero potuti nutrire a lungo dei cadaveri e diventare piú grossi e piú rossi nel giro di poche generazioni... Una variante locale, l'Arion rufus naschensis...

Ma per credere a questa ricostruzione mancava un esperimento, e lo feci. Presi dal frigorifero una mezza fetta di fegato sanguinolento e la deposi nell'orto vicino alle lattughe: subito tre lumache, intente a mangiarsi il cuore piú tenerello dei cespi, abbandonarono l'insalata per dirigersi verso il fegato con le corna tese in avanti in guisa di tori: e ancor prima che lo raggiungessero altre lumache conversero da ogni direzione. Un istante, e la carne fu interamente coperta da quegli esserini guizzanti e frementi, la cui masticante suzione produceva un orribile cigolio. Ancora pochi momenti, e le lumache si separarono tornando lentamente alle loro lattughe: là dove avevo posato il fegato, solo una macchia umida tutta impastata di bava... Lumache carnivore! Una scoperta da riempire trenta pagine di «Scientific American»! Avevo visto all'opera le pronipoti di quelle che avevano spolpato i corpi di chissà quanti francesi, sempre che francesi poi fossero... Quel pasto ancestrale aveva modificato il loro patrimonio genetico e le loro abitudini, e in qualche modo il Felice doveva saperlo: altrimenti perché tanto zelo nel farle fuori risparmiando le altre specie? Quello che invece sembrava ignorare era che se quelle lumache erano francesi non lo erano per la loro origine ma per ciò che avevano mangiato...

Un altro esperimento riguardava la casa. Se era appartenuta alla Màcola, almeno nei primi anni il Felice doveva averci abitato: cosí appena i miei nonni se ne andarono a Luino a fare spese lo presi per mano e gli feci fare il giro della casa. Le camere da letto erano almeno otto: in ognuna si guardava attorno, chiudeva gli occhi, annusava l'aria, poi riapriva gli occhi e toccava i cassettoni, i comodini, le sbarre delle imposte, si sedeva sul bordo del letto sfiorando con la mano le volute in ferro battuto della testiera, richiudeva gli occhi e si concentrava... e ogni volta era no, in quella camera non ci aveva mai dormito. In nessuna camera, aveva dormito, ne era sicurissimo. E allora? Allora era sempre vissuto nella sua attuale stanzetta, sempre! Quando gli chiesi un'altra volta se fosse proprio sicuro quasi si arrabbiò.

– Michelín – mi disse mentre tornavamo in giardino.
– Sí?
– E el mè papà?
– Cosa vuoi dire?
– Ti te m'ee ditt come la se ciamava la mè mama, ma mi podi no vedella... El mè papà invece ogni tant el vedevi, però el se troeuva no, e ti te see gnanca bun de dimm el sò nomm...
– Felice, devi abituarti all'idea che tuo padre non sia mai esistito, cioè... che tu non l'abbia mai conosciuto, capisci cosa voglio dire? Altrimenti ti avrebbe lasciato il suo cognome, quando invece tu non hai nemmeno quello di tua madre...

– E parchè mi podi vedell se l'hoo gnanca cugnussuu?

– Io credo... Magari mi sbaglio, ma io credo che la figura che ogni tanto ti appare corrisponda a quello che ti rac-
contava tua madre quando eri piccolino, era come una fia-
ba, capisci? Per questo te lo immagini alto e bello, con una
divisa magnifica, perché è come te lo descriveva tua madre.

– E l'era minga vera?

– Non credo proprio.

– Ma parchè cuntamm di ball, alura?

– Perché ti voleva bene, la tua mamma.

– E alura?

– E allora ti regalava il padre che a ogni bambino farebbe piacere avere.

– Ma se 'l gh'era no, quell pader lí, l'era mej un quaicoss
men bell de imaginà...

Un'osservazione ineccepibile. Anch'io l'avrei pensata cosí, anch'io in assenza di un padre avrei preferito che me lo
descrivessero come un essere schifoso, da accendere un cero
per lo scampato pericolo... Ma io non ero una mamma, e anche come mamma non avrei garantito. Mah... E poi dicono
che la storia non si fa con i ma e con i se... Oggi che so quanto male abbia fatto l'hegelismo all'umanità so che le storie
piú belle sono tutte fatte di ma e di se, soprattutto di se...
Povera Màcola, se avesse saputo quanto male avrebbe fatto
al figlio l'immagine di quel dragone scintillante di gloria... Il
pensiero del Felice che per piú di mezzo secolo insegue quel
fantasma era straziante, non riuscivo ad accettarlo... Ma ormai, dirgli che suo padre era un poco di buono che se l'era
filata subito dopo aver messo incinta sua madre era forse anche peggio, cosa dovevo fare? Ero un ragazzino inesperto
della vita, e non potevo chiedere consiglio a nessuno! Aves-
simo invertito le età gli avrei detto che ero io suo padre, me
lo sarei stretto al petto e l'avrei coperto di baci, ma questo
era un sogno che non potevo nemmeno incominciare...

Passai una notte insonne, ossessionato dalla Màcola. Con
quel nome sembrava una strega finita sul rogo, e invece doveva essere stata una bravissima donna... Non per i preti
però, se non aveva potuto dare nemmeno il suo nome al bambino... Provai a immaginare: una giovane donna non sposa-

ta rimane incinta, in un piccolo e bigotto paese, roba da lettera scarlatta... lo scandalo è tale che il parroco di allora si rifiuta di battezzare il figlio del peccato, anzi non ne registra nemmeno la nascita... il bambino dà presto segno di disturbi psichici, ciò che rafforza in paese l'idea del peccato e della punizione divina... cosí madre e figlio vivono sempre piú isolati nel loro podere, finché la madre, quando il bambino non ha piú di otto o nove anni, muore... per qualche mese la creatura vive sola, nutrendosi dei prodotti dell'orto e inselvatichendosi sempre di piú, poi arrivano in paese quei russi, nobili, eleganti... in qualche modo avranno saputo della situazione in cui versava il piccolo selvaggio, cosí ne approfittano e per una manciata di rubli e un inutile samovar gli comperano tutto il podere, tutto tranne la *dépendance* dove il piccolo è cresciuto: subito dopo lo prendono al loro servizio trattandolo come uno schiavo... Il giovane Kropoff ha i baffi, e qualche volta la confusione mentale fa sí che il bambino lo scambi per il proprio padre... A differenza dei genitori il figlio viaggia, si assenta per lunghi periodi, e quest'assenza sembra fatta apposta per essere riempita dall'immagine del dragone... con il passare degli anni, tuttavia, il giovane Kropoff invecchia, ingrassa, non ha piú i suoi bei baffi e i suoi capelli neri, cosí quando lo rivede il Felice fa sempre piú fatica a riconoscere il padre, sempre piú fatica finché non ci riesce piú del tutto e il dragone torna ad essere il fantasma che fu...

Funzionava abbastanza, in effetti. Peccato che rimanessero fuori i cadaveri in giardino, il sangue imbottigliato, l'improvvisa scomparsa dei Kropoff, gli occhi del Gran Coniglio, una botte brulicante di una nuova specie di lumache carnivore.

Il 29 gennaio 1964, a Milano, ero a cena dai nonni. Avevo compiuto otto anni da poco piú di un mese. A un certo punto il telegiornale annunciò che quel giorno era morto Alan Ladd.

– Ma guarda – fece mio nonno.

– Cosí giovane, poi – aggiunse mia nonna.

– Chi è Alan Ladd? – chiesi.

– Fra poco lo vedrai – disse mio nonno, perché al telegiornale avevano appena avvertito che per ricordarlo i programmi avrebbero subito una variazione: al posto del previsto sceneggiato con Tino Buazzelli e Salvo Randone ci sarebbe stato *Il cavaliere della valle solitaria.*

Cosí quella sera vidi uno dei film piú belli della mia vita, un film che avrei poi rivisto numerose altre volte trovandolo sempre piú struggente e perfetto. Ma lo vidi con un'angoscia speciale: perché la vita di Shane, sempre appesa ad un filo, era sí protetta dalla fiducia che il film avesse un lieto fine, ma nella realtà si era spenta solo poche ore prima... Forse anche per la crudeltà di quella prima visione mi innamorai di Shane esattamente come il piccolo Joey, nel quale, nonostante fosse biondo come uno svedese, mi identificai senza ritegno.

Il 6 luglio 1972, come tutte le estati, ero invece a Nasca. Quella sera, quando al telegiornale annunciarono la morte di Brandon de Wilde in un incidente di macchina, furono i miei nonni a chiedere chi fosse, e toccò a me, che cercavo di non piangere, spiegare che Brandon de Wilde, morto quel giorno a trent'anni, era Joey. E infatti, puntualmente, l'annunciatrice avvertí che per ricordarlo il previsto sceneggiato con Ave Ninchi e i fratelli Giuffré sarebbe stato sostituito da *Il cavaliere della valle solitaria*: e questa volta fui io, nella parte di Joey, a sapere di essere appena morto.

In quell'estate del 1969 passata poi alla storia come l'estate delle lumache, due giorni dopo l'ultima conversazione con il Felice, lo sognai. Lui era Shane e io Joey. Shane in tutto identico a Shane, non fosse stato per una voglia viola sulla faccia.

– Come va, ragazzo – mi disse scendendo da cavallo.

– Shane! – urlai dalla gioia.

– Sssht, o sveglierai i tuoi genitori.

– Sei tornato!

– Sí, ma per poco. Devo dirti una cosa, poi ripartirò.

– Perché Shane, perché non puoi rimanere?

– Perché il mio posto non è qui. Un giorno capirai – e mi scompigliò i capelli sulla testa. Le sue pistole brillavano alla luce della luna.

– Ma mi devi ancora insegnare a sparare!

– Lo sai che tua madre non vuole.

– Ma se lo facciamo di nascosto?

– Un'altra volta Joey.

– Shane, ne hai uccisi tanti altri?

– Non sono venuto a parlarti di questo, Joey.

– Cosa mi devi dire?

– Hai in mente i pascoli ad ovest, dove ti ho portato sul mio cavallo?

– Come potrei dimenticarli, Shane?

– È accaduta una brutta cosa lassú, tanto tempo fa.

– Che cosa?

– Se te lo dico, mi prometti di non andarci mai da solo?

– Te lo prometto, Shane.

– Ci sono tanti morti, seppelliti là, tanti che non te li puoi immaginare.

– Li hai uccisi tu?

– No, io ho solo aiutato a seppellirli.

– Ma chi erano?

– Indiani, scesi dagli altipiani in cerca del bisonte.

– E chi li ha uccisi?

– Gente cattiva, desperados, banditi... Gli indiani sono stati attirati in una trappola e massacrati senza pietà.

– Ma tu perché li hai aiutati a seppellire i morti?
– Ero sconvolto da tutto quel sangue, non sapevo cosa fare... Mi misero una vanga in mano e obbedii.
– Shane?
– Sí?
– Perché hai detto che non devo mai andarci da solo?
– Perché si sentono strane cose lassú, si odono voci...
– Voci?
– Le voci dei morti, non lo sapevi che sottoterra gli indiani continuano a parlare fra loro?
– No.
– Bene, adesso lo sai.
– Shane?
– Sí?
– Posso dirlo a papà e mamma?
– No, è un segreto fra noi due.
– Va bene.
– Ora devo andare. Addio, Joey.
– No, aspetta, resta ancora un po'!
– Non posso, devo andare.
– Shane!
– Stammi bene, ragazzo.
– Shane!
– Addio, Joey.
– Shane! Shane! Shaaaane!

Ma quant'era brutto, quell'uomo? Provavo a immaginarmelo senza crateri vaiolosi, senza macchie e senza porri, senza gromma alle ciglia e con un naso meno sbrozzoluto e spugnoso, ma sempre brutto restava. C'era qualcosa di informe nel suo viso, come fosse stato modellato frettolosamente con il pongo: la bocca, in particolare, sembrava una ferita senza labbra, labbra che a ben vedere dovevano la loro ambigua percettibilità solo al colore, a quel violaceo che sembrava aggiunto come un rossetto. E poi c'era quella cicatrice verticale che scendeva da un occhio alla bocca, e che quando rideva si spiegazzava tutta... Già, non gli avevo mai chiesto come se la fosse procurata. Andai nella legnaia per chiederglielo ma vidi una cosa che mi fece dimenticare della mia domanda. Curvo sulla vasca, stava diluendo nell'acqua la pasta di verderame mescolandola con un palo.

– Ma cosa fai?
– Se ved no? El verderam.
– Sí, ma perché?
– Par dàghel a l'üga, tel chí el parchè.
– Ma l'hai già dato due volte, per quest'anno basta.
– Dü volt?
– Eh sí, siamo al 20 di agosto.
– Vaca, e mi che credevi de dovè ancamò dàghel...
– Invece no...
– Bòn, voeur dí che'l servirà cuntra i nemis.
– Le lumache?
– Lümàgh, frances, rüss, tudesch, tücc!
– E italiani?
– Shhht! T'hoo ditt che quaivün l'è ancamò vif...

– Ragion di piú per innaffiarlo di verderame.

– L'ha parlaa lü. Oé fioeu, ti te gh'ee ancamò de magnan de pulenta prima de dí sti coss.

Perlopiú morti... qualcuno ancora vivo... tutta gente della zona... Stava parlando dei fascisti o dei partigiani? Con i partigiani aveva collaborato almeno una volta, quando fecero fuori i tre tedeschi, lui, il Giuàn... morto... e la Carmen... viva... Possibile avesse paura di quella donna? Dei fascisti non aveva mai parlato, che uomo stremante, ero venuto per chiedergli della cicatrice e invece avevo dovuto interrogarlo sul verderame, e adesso era nata da sé una domanda sui fascisti.

– Felice, non mi hai mai detto cosa pensavi del fascismo.

– L'è sübet ditt: merda.

Tirai un sospiro di sollievo, perché su questo punto non ero per niente ottimista. Peraltro quello che aggiunse subito dopo privò la risposta di buona parte del suo significato.

– Anca i comunist, merda, ma püssee merda de tücc i demucristiàn... Dumà i americàn me piasen...

Non mi risultava che gli americani fossero mai arrivati nel Varesotto a distribuire cioccolato e sigarette, ma credevo di sapere il motivo di quella predilezione.

– Gli americani ti piacciono per Kennedy, vero? La guerra non c'entra.

– Poer Chènedi, braav fioeu, braav...

– Però ti piace anche Kruscev, mi sembra...

Mi guardò con sospetto.

– Erano amici, Kennedy e Kruscev...

– Mah... g'hoo sentii dí che 'l Chènedi l'han faa massà i comunist...

– Guarda che è molto piú probabile che siano stati i fascisti.

– Parchè, gh'iin anca in America, i fascist?

– Come no! Sai che Oswald ha sparato a Kennedy perché lo considerava un amico dei russi?

– Robb de matt... Alura ghe voeur tant verderam de riempí el Lach Maciúr... Pensa che bell, sprüssagh tütt quel verderam adoss, quand t'ee finii el mestee el te resta un mund sansa fascist, sansa lümàgh e sansa frances, mama che bell!

Fascisti, lumache e francesi, l'assurda collocazione di queste categorie in un'unica scala mi affascinava fino all'entusiasmo. Quando parlava cosí sarei stato ad ascoltarlo per ore. E quando anni e anni dopo avrei letto Borges, piú di una volta mi sarei ricordato di quelle associazioni e di quelle sentenze. Poi gli chiesi della cicatrice. Abbassando la voce come si trattasse di una confidenza pericolosissima, mi disse che quando eliminarono i tre tedeschi uno di loro gli vibrò un fendente con una scheggia di laterizio, e che se la Carmen non gli avesse ficcato un punteruolo nel collo il crucco gliene avrebbe vibrato un altro. Allora, senza nemmeno accorgermi del trabocchetto che gli stavo preparando, gli domandai perché anziché nascondere i corpi nello sgabuzzino, dove qualcuno avrebbe potuto trovarli, non li seppellirono in giardino. La risposta fu sorprendente.

– Se pudeva no.

– Perché?

– La Carmen l'era cuntraria, e anca el Giuàn.

– Ho capito, ma perché?

– Diseven che se pudeva mes'cià no la farina cun la merda.

– La farina con la merda?

– L'è una manera de dí de noialter quand voeurém dí che dü coss iin inscí divers de podè stà no insemma.

– Diverse nel senso che una è buona e l'altra cattiva, questo vuoi dire?

– Ècula.

– Quindi se i tre tedeschi erano la merda, sotto il giardino doveva esserci la farina...

– Propi.

– Cioè i corpi di brava gente...

– Se even braav mi 'l soo no, soo dumà ch'even staa massaa...

– Ed erano francesi.

– Frances, propi.

– Quelli che chiacchierano sottoterra.

– E cicípp e ciciàpp, pegg di donn al mercaa!

– Sai quanti erano?

– Tanc, ma tanc... Varda, no voeuri dí un sparposet, ma mi credi ch'even püssee de quaranta.

Io ne avevo trovati quindici. Facendo le proporzioni fra il terreno scavato e il resto del giardino i conti tornavano. Quaranta scheletri! Sotto il prato dove io avevo camminato e dove mi ero sdraiato migliaia di volte! E quante generazioni di Arion rufus possono alimentare quaranta cadaveri? Cicípp e ciciàpp, facevano, in francese... E lui li stava a sentire... *Voleva* sentirli, o ne era perseguitato? Non mi era chiaro... Perché era convinto che fossero loro a rubargli i pensieri? Dopotutto aveva dato una mano a seppellirli, mica ad ucciderli... Da qualche parte nella sua vita e nella sua mente doveva esserci qualcosa di brutto legato alla Francia, qualcosa che si propagava transitivamente a quei poveri morti e a quelle mostruose lumache... I Kropoff parlavano francese, ma bastava per fargli associare definitivamente la Francia al male? No, perché mancavano due condizioni essenziali: che parlassero in francese anche con lui, e che fosse consapevole della truffa subita odiandoli in conseguenza...

Lo convinsi a mettere tutto quel prezioso verderame in due grossi bidoni vuoti, e mentre era all'opera tornai a casa a prendere il mio florilegio di oggetti kropoffiani. Aspettai che avesse finito e si fosse lavato e asciugato le mani, poi gli ridiedi quel vasetto monofiore che sembrava avergli ispirato parole d'oltralpe. Lo strinse, lo palpò, se lo appoggiò a una tempia, gli diede persino una leccatina: niente. Né francese né russo. E niente anche con gli altri oggetti, ripassati uno per uno. Avevamo quasi finito, quando si accorse che una delle sue vanghe, quella leggera che avevo usato per disseppellire gli scheletri, era fuori posto.

– Ma... – fece soltanto, e andò ad appenderla alla rastrelliera. Oddio pensai appanicato, e se adesso mi chiede se l'ho presa io, e perché? Se indovina a cosa m'è servita?

– Parbleu! – esclamò nel momento stesso in cui la prese per il manico. – Voilà un grand tas de morts...

– Puoi ripetere? – gli chiesi con la voce strozzata.

– Eh? Repett cosa?

– Quello che hai appena detto, ma dovresti riprendere in mano quella vanga.

Fece come gli avevo chiesto, ma non ripeté nulla. Lo salutai e riportai a casa la mia sporta. Dovevo arrendermi all'evidenza: non erano gli oggetti a liberare energia, ero io a suggestionarmi e quindi a suggestionare telepaticamente anche lui... Sí, la paura che scoprisse cos'avevo combinato con la sua vanga era stata cosí intensa e concentrata da raggiungere la sua mente, e siccome l'oggetto del mio scavo erano stati i francesi, per qualche misterioso meccanismo selettivo non era stata la vanga, non era stato il terreno, non erano stati gli scheletri a colpirgli i neuroni: era stata la lingua francese, nella forma cui in quell'istante la mia mente l'aveva piegata... Un caso di ventriloquismo psichico, io pensavo e lui dava corpo sonoro al mio pensiero: una prospettiva davvero oscena, preferivo pensare che la mia energia psichica si trasferisse prima all'oggetto in questione, e dall'oggetto passasse ai suoi polpastrelli e ai suoi nervi fino al suo cervello, ma sapevo di ingannarmi, sapevo che gli oggetti venivano scavalcati dal dialogo diretto fra mente e mente...

E anch'io allora, chissà quante volte avevo avuto un'idea che mi veniva invece da lui, chissà quante volte ero stato lui.

La sua memoria si corrompeva sempre piú rapidamente. Già il giorno dopo la preparazione di quel verderame si verificò un fatto increscioso: confuso il pane secco per i conigli con il pane secco trattato con il veleno per i topi, il Felice fu responsabile della morte di sette conigli. Non si dava pace, piangeva, continuava a ripetere che non capiva come dopo tanti anni avesse potuto confondere «i michètt»... Lo convinsi a raccontare a mio nonno che i conigli erano stati colpiti da un nuovo tipo di malattia, e la cosa non ebbe seguito. Il giorno dopo ancora lo sorpresi al lavoro dopocena.

– Ma cosa fai a quest'ora, non dovresti essere all'osteria?

– Eh sí, schersa schersa...

Era convinto fosse mattina, e dovetti fargli vedere che era già quasi buio per mandarlo via.

Anche la sera successiva era nel nostro giardino, ma per un altro motivo. Era stato all'osteria, e alla televisione aveva visto una cosa che lo aveva sconvolto e lo aveva fatto precipitare da noi: la prova che io e la Carmen ce la intendevamo alle sue spalle! Cercai di capire cosa potesse aver visto.

– A la televisiún, al carusèl... a un bel mument vedi un baloss cunt i barbis e un cappellasc grand inscí che se ciama come ti, Mighel sun mi el vusa, Mighel sun semper mi! E 'l sta adree, quest chí, a una tusa che se ciama Carmensita, t'ee capii, che 'l Pierin el m'ha spiegaa che l'è l'istess che ciamass Carmen, eh, t'ee capii?!

Era cosí infervorato che confuse anche me: mi ci volle un po' per capire cos'era successo. Insieme al Merendero, Miguel compariva nella *réclame* dei biscotti Talmone; Carmencita apparteneva invece alla *réclame* del caffè Paulista insieme a un misterioso Caballero; a sollecitare la contaminazione era la rima fra Merendero e Caballero e soprattutto l'analogia dei rispettivi apoftegmi ispano-veneti, «Miguel son mi» e «Bambina, quell'om son mi». Non fu facile fargli capire che aveva solo visto le pubblicità di un biscotto e di un caffè, e che non doveva preoccuparsi di nulla. Vedevo però che non era completamente persuaso.

 – Subito dopo cos'hai visto?

 – Gnent, parchè sun vegnuu via de cursa.

 – Allora subito prima.

 – Uh... famm pensà... ah sí, la storia de quel sciur pelaa che'l dis che l'ha sbajaa anca lü parchè no l'g'ha mai dupraa la brilantina Linetti...

 – Cesare Polacco, l'ispettore Roc! Lo vedi anche tu, una *réclame* via l'altra, se no che *Carosello* è?

Cosí, fra pie menzogne e piccole soperchierie, ci avviavamo alla fine di quell'estate. Guardavo la nostra casa e mi sembrava di vedere la memoria del Felice, non solo perché un tempo favoloso era stata sua, ma perché era piena di buchi e di crepe, con il tetto che faceva acqua da tutte le parti e macchie di umido che annerivano e riempivano di bolle l'intonaco, i mobili bucherellati dai tarli e le maniglie che ti restavano in mano, le persiane con i listelli che uscivano dal telaio e rimanevano di sbieco, la vernice dei serramenti che si scrostava, il muro di cinta che andava in pezzi per la spinta delle radici dei rampicanti, le vecchie stampe che si incurvavano sotto il vetro e ospitavano negli angolini i bozzoli di larve che non si sarebbero mai evolute, il ferro delle ringhiere ridotto a una massa di ruggine tenuta insieme solo dai ripetuti strati di cromo e vernice verdina, zone sempre piú ampie del frutteto invase dalla robinia e dal bambú, alberi con i rami piú alti che nessuno potava da anni... Di tutto questo era causa la spilorceria di mio nonno, ovviamente, ma anche l'idea, che in fondo io stesso ero il primo a condividere, che la campagna fosse per definizione un luogo di abbandono e di decadenza, di muffa e di ragnatele, un luogo che noi cittadini si sfiorava appena pochi mesi all'anno e che nel lungo tempo della sua verità, nei silenziosi autunni e nei piú silenziosi inverni, procedeva lento ma meticoloso alla propria autodistruzione: un regno di larve, di ragni, di tarli, di picchi e di gufi, un luogo intimamente umido e buio, fradicio anzi, poetico e marcio.

Io ero un ragazzino e avevo tutte le attenuanti, ma trovavo scandaloso che i miei nonni non si curassero minimamente di conoscere la storia di quella casa. Non perdevano una previsione del tempo di Edmondo Bernacca (gli orrendi millibar!), ma la personalità e lo spirito del luogo non avevano alcuna importanza per loro... In fondo, per altre vie, non erano molto diversi dal Felice, che conosceva la brillantina Linetti ma non aveva la minima idea di cosa fosse stato il fascismo, che aveva l'immaginetta di Kennedy, di Kruscev e del papa ma non conosceva il volto dei propri genitori...

Ma c'era un'altra analogia fra la testa di quel poveretto e la nostra casa: la presenza di certi ricordi corrispondenti a certi fatti avvenuti in certi luoghi, luoghi come uno sgabuzzino nascosto dietro un letto smontato in una stanza di fianco al fienile, luoghi come la terra grassa sotto a un prato... In entrambi i casi c'erano di mezzo dei cadaveri: possibile che il passato ci consegnasse solo quello, o morti o fantasmi? O gente giustiziata o gente scomparsa?

Non osando parlargli dei francesi, chiesi al Felice di farmi rivedere lo stanzino segreto. Prima fu un secco no, poi titubanza, poi volle sapere perché. Gli spiegai che forse la prima volta mi era sfuggito qualche particolare che ci sarebbe potuto essere utile a ricostruire uno dei tanti segmenti dissolti della sua vita. Esitò ancora, poi sputò e disse «'ndemm».

Mentre aspettavo nel fienile che tornasse con la chiave considerai una volta di più quanto fosse strano che in tanto sfacelo mnemonico la prima volta che mi aveva portato lí si ricordasse ancora dove avesse nascosto la chiave: stando a lui, infatti, non c'era più stato dal 1945. Poi ricordai che per un certo periodo aveva insistito nel definire suo padre come «la ciaf» che avrebbe spiegato tutto... C'era una relazione, fra la chiave dello stanzino e la metafora? Poteva darsi, purché nel '45 egli identificasse ancora suo padre nel giovane Kropoff: cosa non facile, perché a quell'altezza il giovane non era più tanto giovane... Ma anche ammettendolo, che rapporto poteva avere avuto quel russo con i tre tedeschi? E con i partigiani? Sempre che in quel momento fosse a Nasca e non chissà dove, 'sta chiave falsa... In ogni caso i due vecchi erano sicuramente in casa, qualcosa avranno pure sentito: si rintanarono spaventati o uscirono a vedere? Interrogarono il Felice? Immaginavo i due squallidi zaristi defilati dietro una finestra: vedono sei persone salire nel fienile, il Felice con altri due e tre tedeschi in divisa, sentono delle urla, poi vedono scendere solo i tre naschesi... Quando sono sicuri che non c'è piú nessuno salgono nel fienile e non trovano niente, passano alla stanza attigua e non trovano niente, ritornano nel fienile e cercano sotto il fieno e non trovano niente... Possibile non sospettino di una porta segreta e non la cerchino? Possono, due vermi cosí, correre il rischio che uomini della Gestapo o delle ss scoprano i tre cadaveri in casa loro? Hanno circuito il Felice portandogli via la casa, possibile non trovino il modo di farlo parlare? È vero che allora era un bambino, ma quante dimostrazioni della sua labilità psichica hanno avuto in seguito? Invece non fanno nulla, si tengono quei cadaveri in casa per altri dieci anni fino a quando vendono casa e terreno ed annessi a mio nonno, e fra gli annessi c'è il fienile... Chi è che vende una proprietà con dentro tre morti? È per questo che all'ultimo momento scomparvero? Dovevano essere davvero sicuri di non poter essere rintracciati, ma non sarebbe stato piú semplice liberarsi di quei morti? In dieci anni ne avevano avuto di tempo per cercare, potevano ispezionare fienile e stanzetta centimetro per centimetro, invece non fecero niente... Possibile che la verità fosse semplicissima, e cioè che fossero scemi? Oppure che non solo non avessero visto salire e scendere i partigiani, ma che essendo sordi non avessero udito niente? Ecco, potevo proprio congratularmi con me stesso, da un solo episodio avevo ricavato un ventaglio di dilemmi, un indecidibile polilemma...

Poi arrivò lui con la chiave: lo aiutai a spostare i pezzi del letto, quindi, mentre armeggiava con la serratura, mi ripetei mentalmente che non dovevo avere paura, non dovevo avere paura, non dovevo avere paura: perché era invece avventura.

Questa volta la torcia l'avevo io. Accoccolato di fianco agli scheletri, li illuminai ed esaminai da vicino. Uno dei tre era piú minuto, sensibilmente piú minuto. Prima che lo sgomento prevalesse, incominciai a sbottonargli la giacca.

– 's'te fee, te see matt?

– Shhht, reggi la torcia.

Sotto la giacca, che si era perfettamente conservata (stoffa militare, stoffa del Reich perbacco!), gli altri tessuti si erano pressoché dissolti, come coinvolti nel colliquamento della carne, e solo ne rimanevano alcuni filamenti appiccicati alle ossa. Tolsi la giacca agli altri due, e vidi che era successa la stessa cosa: la divisa aveva tenuto, quanto c'era stato tra essa e la pelle aveva seguito il destino della carne. I casi erano due: o l'industria tessile nazista metteva ogni cura nelle divise trascurando camicie e biancheria, o sotto le giacche quei tre indossavano indumenti civili... Mentre rimuginavo, con lui che spostava il raggio di luce da uno scheletro all'altro come per assicurarsi che non facessero scherzi, mi accorsi di un'altra cosa: il primo scheletro non solo era piú piccolo, ma aveva anche ossa piú sottili. Completai lo svestimento, che confermò sotto i calzoni e gli scarponi di tutti e tre non essere rimasto alcun tessuto: lo scheletro dalle ossa sottili aveva anche una diversa forma di bacino, una forma che non avevo bisogno di controllare sugli atlanti del nonno per riconoscere come una forma femminile.

– Felice, non avevi detto che erano tre uomini?

– Trii omen, sí.

– Questo qui è una donna.

– Sí, figüres...

– È una donna ti dico, guarda le ossa delle caviglie, guarda quelle dei polsi...

– Mi me recordi de trii omen.

– E allora vuol dire che la donna si era travestita da uomo. Avevano i berretti?

Prima ancora che cercasse di ricordare gli sfilai la torcia dalla mano e la puntai in tutte le direzioni, finché vidi un berretto, poi un altro. Dopo un po', sotto la scapola di uno scheletro, intravidi il terzo. Tagliarsi i capelli e calarsi sulla testa un berretto con la visiera abbassata, indossare sopra i propri abiti una divisa, calzare scarponi piú grandi di parecchie misure, non ci voleva molto. Di sera, nella concitazione del frangente... Che lui l'avesse bevuta non mi sorprendeva affatto, piú strano mi sembrava che ci fosse cascata quell'occhio fino della Carmen...

– Michelín.

– Sí?

– Emm massaa trii omen, parchè duvevem massaa anca i donn?

Razza di testone... Voleva una prova? Sapevo cosa cercare, e infilai la torcia fra le ossa di quello scheletro finché nella polvere biancastra trovai la fibbia del reggipetto.

– Sai cos'è questa?

– Un rampín.

– E cosa agganciano le donne dietro le spalle?

– I regipett.

– E i reggipetti a cosa servono?

– A regg i tett.

– Convinto adesso?

– Vacaboiassa, el gh'aveva i tett!

Richiudemmo e ricoprimmo l'entrata com'era prima. Mentre si dava da fare non smise mai di bofonchiare fra sé e sé: – I tett... robb de matt, un tudesch cunt i tett... el gh'aveva i tett...

Rimasto solo aggiornai la mia tormentata sinossi. Due uomini e una donna: i Kropoff! Collusi con i nazisti, e già correi nella strage dei francesi, al momento della disfatta tedesca si uniscono precipitosamente ai fuggiaschi, dai quali si fanno prestare tre divise. Qualcosa però va storto e i parti-

giani li intercettano e li giustiziano. Fine della storia. Ma...
ma! Ma allora *chi* vendette il podere a mio nonno dieci anni
piú tardi? Qualcuno che fingeva di essere un Kropoff, evidentemente, il che spiegherebbe la repentina scomparsa a
vendita conclusa. Ma chi poteva aver sostituito i russi per un
decennio, in un paesino dove si conoscevano tutti? E non si
trattava di una persona sola ma di tre, due stanziali e uno vo-
lante... Con il Felice che abitava lí di fianco e lavorava per
loro *tutti i giorni*! Anche qui restrinsi le possibilità a due: o
l'influenzabilità della sua debolissima psiche era tale che
chiunque poteva convincerlo di qualsiasi cosa, o egli sapeva
tutto. Ma se sapeva tutto doveva pure sapere che anche i nuovi padroni sapevano: altrimenti perché spacciarsi per Kropoff? E con che garanzie che i russi non tornassero a riven-
dicare una proprietà legalmente intestata a loro? Dunque, se
sapeva lui e sapevano i simulatori, erano complici, e chi poteva essere indiziato di complicità meglio di chi complice era
già stato nell'uccisione dei veri Kropoff? Il Giuàn e la Carmen, e magari qualche altro partigiano dei dintorni... Una
specie di cooperativa che gestí la nostra casa per un decennio, ma perché? Come arsenale in caso di una ripresa della
guerra? Come asilo per ex partigiani se il nuovo governo avesse rivelato tendenze persecutorie nei loro confronti? E il resto di Nasca? La maggior parte degli uomini era caduta com-
battendo contro i tedeschi o rastrellata e fucilata dalle ss, il
Giuàn e la Carmen dovevano avere un grande ascendente sui
loro compaesani e non ci voleva molto a convincere i vecchi
a tacere, non foss'altro che in odio ai nazisti e a quei tre tra-
ditori... Quanto ai bambini e a quelli che nacquero dopo non
avevano mai conosciuto i Kropoff, la casa rimaneva sempre
chiusa, il cancello non si apriva mai sul giardino...

Una cosa era certa: avesse saputo o no, *adesso* il Felice non
sapeva piú niente, perché la sua buona fede nell'insistere sul
sesso maschile di quello scheletro era fuori discussione. Certo la sua facoltà di rimozione era prodigiosa, perché un altro
di quegli scheletri apparteneva a colui che a lungo egli aveva
immaginato come padre, il falso dragone che non si chiamava Aurelio ma forse Michail, come me e come il messicano di
Carosello... Perdere la memoria è una cosa, rimuovere un'al-

tra, e lí avevo l'impressione si trattasse della seconda... Chissà se anche sua madre era stata rimossa, Marisa Bianchini detta La Màcola... E la casa? La casa no, ero quasi certo che si fosse proprio dimenticato di esserne stato il proprietario... Certo sapeva dov'erano i rubli e si ricordava benissimo tutta la scena del contratto, ma il modo in cui quella storia era venuta fuori suggeriva che si trattasse di un ricordo avulso e irrelato, sorta di monade mnestica che volitava solinga negli spazi sempre piú vuoti del suo cervello... Mi chiesi se i partigiani fossero a conoscenza della truffa patita da lui: probabilmente sí, perché anche se lui non ne avesse fatto parola il contratto conservato dai Kropoff doveva prima o poi saltar fuori: di questo ero certo, perché se non l'avessero trovato i partigiani l'avrei trovato io, che estate dopo estate avevo maniacalmente esplorato quella casa fin negli anditi piú riposti. Se le cose erano andate cosí, giustizia avrebbe voluto che i partigiani restituissero la casa al Felice, ma come essere sicuri che fosse in grado di reggere il gioco? Ecco perché quando mio nonno rilevò la proprietà il giardino era in condizioni pietose e l'orto quasi non esisteva piú: perché agli ex partigiani i fagiolini e i cetrioli erano l'ultima cosa che poteva interessare, e quello che il Felice coltivava e allevava lo coltivava e allevava solo per suo personale consumo.

Cosí, se i proprietari virtuali mettevano piede in casa per i loro traffici e perché da lontano si vedesse che c'era qualcuno, di fatto l'unico protagonista di quel teatro era lui, il mostro mio... Lui e tutti quei francesi sottoterra, e le lumache... Se avevo indovinato, se i Kropoff erano in combutta con i tedeschi, significava che il patto conveniva ad entrambe le parti, zaristi e nazisti... I secondi non espropriavano o deportavano i primi, i primi aiutavano i secondi facendo la spia, fornendo un appoggio logistico... In tal caso era quasi certo che avessero avuto parte nell'eccidio dei francesi... Come aveva detto Shane? Attirati in una trappola con l'inganno, ecco, i russi avranno offerto rifugio a un drappello di soldati francesi, dopodiché avranno avvertito l'Oberführer delle ss... Immaginavo con orripilata voluttà la scena, i russi che sciorinano il loro fluente francese e offrono da bere e da mangiare, gli ammicchi, le battute contro i fottutissimi *boches*...

Sono capaci di aver sciolto una droga nel vino, hanno cura di servirsi solo dalle bottiglie contrassegnate, ad ogni bicchiere i francesi sempre piú rincoglioniti, qualcuno già ronfa sul tavolo... Poi un segnale convenuto, l'arrivo delle ss, i francesi vengono portati in cantina, la maggior parte di loro non si regge sulle gambe e rotola per le scale... In cantina li spogliano completamente perché la terra non rilasci un giorno mostrine o piastrine, poi a uno a uno li ammazzano con un colpo alla testa, c'è chi lo prende alla nuca e chi lo prende alla tempia, solo pochi hanno l'energia per reagire ma vengono falciati da una raffica... Di sopra, intanto, i due vecchi sparecchiano, forse c'è anche il figlio con loro... Stanno recuperando dai piatti gli avanzi che possono venir buoni per un altro pasto quando l'Oberführer entra in cucina battendo i tacchi: pochi ordini secchi, seppellire in giardino, pulire cantina, bruciare vestiti, *Schnell!* Come, non rimane nessun tedesco ad aiutarli? L'Oberführer non risponde nemmeno, un altro sbatter di tacchi, dietrofont e via, sparito.

E il Felice?

Tutti quei corpi da trasportare e da seppellire, e loro erano solo in due, al massimo tre, non ce la faranno mai. Ma si poteva disobbedire all'Oberfürher? Cosí sono costretti a chiedere aiuto a quel selvaggio, che dopo un'abbondante libagione sta dormendo nella sua stanzuccia. Cosa gli raccontano? Che i morti sono francesi devono averglielo detto, altrimenti negli oscuri meandri delle sue circonvoluzioni cerebrali non si sarebbe fatta strada la fissazione del parlottio francese... Gli dicono che sono arrivati i tedeschi e ta-ta-tatà, un massacro, *pauvres garçons*... Forse nella sua testa quella francesità risvegliava le antiche favole di sua madre sull'eroico dragone, per questo accetta di lavorare tutta la notte come una bestia per seppellire quei morti... Ma perché attribuisce poi l'eccidio a gente del luogo, «italian, italianissem»? Forse i Kropoff non gli hanno parlato dei tedeschi per paura che emerga la loro complicità: ma allora perché giustiziarli? Possibile che la Carmen e il Giuàn l'abbiano coinvolto in un'azione punitiva senza spiegargli niente? E perché «vacaboia» si metterà in testa che i francesi gli rubino i ricordi servendosi di quelle micidiali lumache esattamente come avevano già fatto con suo padre? Questo era veramente il punto che faceva saltare in aria tutto il mio castello... Perché tanto misogallismo? Nei libri del nonno non c'era nulla che riconducesse l'Arion rufus alla Francia, ma per lui quei lumaconi rossi erano né piú né meno che «lümàgh frances»... Possibile che avesse messo in relazione l'abnorme sviluppo di quella specie con una dieta di carne e di sangue? Un contadino ignorante, un alcolizzato che da tempo stava perdendo la memoria, uno psicolabile in balia del vento, avere un'intuizione degna di Darwin o di Mendel? Era un po' troppo. No, doveva essere successo qualcosa, nella sua vita, che per vie oblique e contorte aveva fatto nascere in lui quell'odio, odio per i francesi e odio per le lumache... Era qualcosa che gli aveva raccontato sua madre? Mi sembrava difficile... Mio nonno? Ancora piú difficile, visto che la loro comunicazione si limitava allo stretto indispensabile... Qualcosa che aveva visto in televisione? Mah! E le lumache, poi? E c'era sempre quel sangue spacciato per mosto in bottiglia, lí non si vedeva come potessero entrarci i nazisti...

Era passata da poco mezzanotte, io non riuscivo a dormire e dalla stanza dei nonni sentivo arrivare positivi commenti allo sceneggiato di quella sera con Gianrico Tedeschi e Carla Gravina. Quando finalmente si tacquero e tutto fu silenzio mi persuasi nella mia intuizione. Avevo stabilito che in alcuni casi ero stato io a suggestionarlo telepaticamente, e che nondimeno non si poteva escludere la dinamica inversa: non ci eravamo entrambi già scontrati a sufficienza con il principio di transitività e con quello di reciprocità? Cosí la mattina dopo, appena il Felice si avvicinò alla conigliera, lo strappai alla sua mansione e lo feci sedere al mio fianco sulla panca sotto al pergolato dell'uva americana.

– Felice, adesso facciamo un esperimento. Ci diamo la mano e chiudiamo gli occhi tutti e due, dopodiché tu devi pensare a qualcosa che c'entri con la Francia.

Mi guardò come per capire se volessi prenderlo in giro.

– Possibilmente qualcosa di lontano, di quando eri giovane.

– La Francia, quand'eri giuin...

Ci mettemmo in posa, e io ingiunsi a tutte le fibre del mio essere di disporsi passivamente. Tenevo gli occhi cosí strizzati che i muscoli della faccia mi facevano male, e nel buio vedevo muoversi lentamente forme psichedeliche.

Poi vidi una figa. O meglio, vidi una cosa che in mancanza di esperienza credetti di poter identificare per una figa. Fu un attimo, poi il buio spazzò via tutto. Continuavo a serrare spasmodicamente le palpebre e a tenere il Felice per mano: non so chi dei due l'avesse piú sudata. Sentivo la sua concentrazione come quando si sente arrivare la pioggia, poi il

buio fu attraversato da una voce. Era una voce italiana, ma
con un forte accento francese. Ed era una voce di donna. «Pà
grav», diceva quella voce, «sai a quonti uomini capíta? Su,
non fare quella fascia lí, corasgio, pansa che non è mocto nessuno...» Poi non mi arrivò piú nulla, se non un'ondata di sofferenza indicibile... Seguirono immagini, cosa dico immagini? larve di violenza, bestemmie e mobili che andavano in
pezzi, e per un attimo pensai di lasciar andare quella mano...
Ma tenni duro e feci fronte a quello che adesso era un flus-
so di dolore e di rabbia confusi insieme, finché di colpo non
sentii ancora quella voce: «Brüto stronso», diceva, «regard
cheché tü a combinà, se non te ne vai ti denunscio, hai capito? Tonte scene solo parsché hai un pisellino molle come
üna limàs, come dite voi in Italia, ah uí, üna lumaca...» Poi
la violenza della trasmissione andò oltre le nostre possibilità,
e ci lasciammo le mani nello stesso momento: entrambi emet-
tendo un gemito, entrambi nascondendo la faccia nella pie-
ga del braccio.

Non ne sapevo niente, ma avevo abbastanza intuito per
capire che averlo molle come una lumaca non doveva essere
una bella cosa, soprattutto se te lo diceva una donna. E quella donna era francese: il suo accento era inequivocabile, e lo
stesso Felice non aveva nominato, dopo una Marisa che altri
non era se non sua madre, una «Gianvieva», cioè una Geneviève? Questa, non Marisa era stata la prima donna della sua
vita, e dal tono con cui parlava doveva essere una prostituta. Ce n'erano state altre, dopo? Non avevo cuore per andare oltre nell'indagine, ma se la lumaca era assurta per lui a
simbolo di ogni nequizia non dovevano essere state molte, e
in ogni caso l'esito non doveva essere stato diverso. Povero
Felice! In ogni lumaca che passeggiava nell'orto vedeva la
propria vergogna, e dunque *zaff!* tagliarla... Questo non spiegava ancora perché le lumachine minori, quelle marroni e
quelle verdastre, fossero rimaste immuni dalla terribile signi-
ficazione, oppure lo spiegava fin troppo: perché non erano
lumache legate al dileggio di quella puttanaccia di Gianvieva, e non lo erano perché a differenza dei Rufus non si erano ingrassate di una quarantina di cadaveri francesi... Il che
mi costringeva a ritornare sui miei passi e ad ammettere che

il Felice era stato effettivamente all'altezza di Darwin e di Mendel... Ma chi diavolo era, quell'uomo? Brutto come un mostro, goffo e patetico come uno scemo di guerra, ma capace di lampi che ti lasciavano a bocca aperta, capace di apparirti di notte nelle sembianze fascinose di Shane, il cavaliere della valle solitaria...

Comunque, le parole crudeli di una puttana francese pesavano nella sua vita piú di quaranta corpi l'uno sull'altro, piú dell'immagine di un aitante dragone... Avrebbe dovuto sviluppare un odio morboso per russi e tedeschi, e invece per una *défaillance* si mise in guerra contro i francesi... Non potevo pensarci: la mia rabbia era tale che se avessi incontrato quella Geneviève le avrei gettato in faccia un barattolo di vetriolo, maledetta baldracca...

Quel giorno stesso interrogai mio nonno circa l'acquisto della casa. Mi rispose con la falsa condiscendenza che si ha per le persone disturbate che non si vogliono contrariare, ma qualcosa rispose. Per esempio venni a sapere che nonostante egli conoscesse bene il francese le trattative con i Kropoff si svolsero interamente in italiano, cosa che non lo stupí data la loro lunga permanenza nel nostro paese. Obiettai che i Kropoff non mettevano mai il naso fuori del cancello: ribatté che potevano aver studiato l'italiano sui libri, ipotesi che mi suonò grottesca. Gli chiesi se non avesse colto in quell'italiano qualche sfumatura dialettale: ci pensò un po' e poi rispose affermativamente: nessun accento russo, nessun accento francese, una patina varesotta sí... E non si era stupito? Neanche un po', anzi nemmeno ci aveva fatto caso: mica era morboso come me, lui...

Ecco cos'ero per lui, un ragazzino morboso... Io credevo di essere un adolescente stevensoniano, ed ora scoprivo che da fuori la mia inquietudine romanzesca non si vedeva, si vedeva solo morbosità e rottura di scatole... Me ne andai incollerito, ma bastarono pochi metri per dire a me stesso che in fondo non era mica male, la morbosità.

Avrei avuto bisogno di un chimico per fare analizzare quel sangue; di uno zoologo e di un biologo per studiare quelle lumache; di uno storico per sapere cosa ci facesse un drappello francese da quelle parti; di uno psicologo che mi spiegasse bene la differenza fra amnesia e rimozione; di uno psichiatra per capire cosa significasse quel coniglio prima accecato e poi, nel disegno, impiccato; di un catasto fantasma per ricostruire le vicende della nostra casa prima dei Kropoff; di un geologo che scoprisse dove finisse quel buco sotto la botte...

L'unica cosa di cui non avevo bisogno era un amico perché avevo il Felice, ma il Felice stava sempre peggio... Mi ero accorto che da qualche settimana i suoi sputi erano venati di sanguigno, ma era in generale tutto il suo aspetto a rivelare uno stato di sofferenza. Era come se la sua struttura stesse collassando: sempre piú ingobbito e con le braccia penzoloni come un orango, dava l'impressione di potersi arrotolare su se stesso da un momento all'altro come fanno certi bruchi; ma era la sua mente che mi preoccupava di piú: non solo i vuoti di memoria aumentavano, ma tendevano a trasformarsi in veri e propri stati di assenza durante i quali rimaneva immobile con gli occhi chiusi, impastati da una gromma sempre piú spessa. In quei momenti dovevo scuoterlo per una manica e urlare forte il suo nome: quando si riaveva riprendeva a fare quello che stava facendo prima di incantarsi, come se non fosse consapevole dell'interruzione.

Cercare di estorcere alle gelose latebre della sua coscienza qualcosa su sua madre, in quelle condizioni, era impensabile. Cosí la mia assistenza si limitava al piccolo cabotaggio di una manutenzione spicciola, tantopiú che anche le toppe

già sistemate incominciavano a non funzionare piú. Una mattina, per esempio, vedo che il grande cespuglio delle ortensie si agita in uno strano modo: mi avvicino con cautela, e
dentro il cespuglio vedo il Felice che sta facendo pipí. Mi al-
lontano per non metterlo in imbarazzo, e quando riemerge
gli chiedo cosa facesse lí. La pipí, ammette candidamente, e
ancor piú candidamente rivela di non essere stato capace di
trovare il suo gabinetto.
   – Ma le frecce?
   – Quaj?
   – Quelle nere che abbiamo messo sui muri.
   – Ah, quij là.
   – Ti indicavano il gabinetto, non ti ricordi?
   – Ah, bòn a savell.
   In quel frangente ebbi anche modo di vedere per la prima volta il suo membro. Sarò stato suggestionato, ma sembrava davvero un Arion rufus! Preciso! Soltanto, piú virato
al viola che al rosso-marrone... Sembrava che il viola fosse
lo stigma di quell'uomo, anche lo scroto, per quanto permetteva di intravedere il folto delle ortensie, tendeva a quel colore... Ma soprattutto mi era sembrato uno scroto enorme:
possibile che avesse l'orchite? Conoscevo questa parola perché un giorno che la sentii pronunciare da mio nonno pensai
a qualcosa di peculiare agli orchi, e quando egli me ne spiegò
il significato la mia delusione non si poteva misurare. Ma ru-
bricato sotto il titolo della morbosità, come potevo chiedere
a mio nonno di visitare il Felice perché gli avevo sbirciato la
sacca scrotica?
   In quegli ultimi giorni di agosto andai a trovarlo a casa sua
piú che potevo. Il disordine della stanza aveva raggiunto vet-
te inimmaginabili: la biancheria usata era abbandonata ovunque insieme alle stoviglie sporche, dai barattoli rovesciati si
era sparso in giro il contenuto, il materasso era scivolato giú
dalla rete ed era pieno di ogni sozzeria; ovunque ronzavano
i mosconi e i tafani. Io ogni volta cercavo di mettere un po'
d'ordine, ma alla visita successiva lo spettacolo era peggiora-
to. Adesso non ricordava piú nemmeno il proprio nome, e
non c'era felce che valesse. Aveva dimenticato anche il nome di Nasca, non sapeva se mia nonna fosse viva o morta, le

parole lattuga e cicoria non gli dicevano assolutamente niente, alle galline e ai conigli dava quantità di cibo mostruose e
poi non se ne curava per giorni e giorni, cosí quelle povere
bestie prima si ingozzavano fino a scoppiare e poi languiva-
no raspando la terra in cerca di una pagliuzza... Solo del mio
nome non si dimenticava mai, io ero sempre il suo Michelín...
Perfino quando gli feci vedere quella tremenda suppellettile
con i ritratti di Kennedy, del papa e di Kruscev mi chiese chi
fossero quei tre, ma quando vide il cartiglio con il mio nome
infilato sotto il vetro esclamò:
     – Ma quest chí el soo chi l'è, te see ti, te see ti Michelín!
     Gli chiesi di Kennedy: mai sentito.
     – Ma sí, quello ucciso da Oswald.
     Mai sentito.
     – E il Gran Coniglio?
     – Poer cunili... poer crist d'un cunili...
     Fu tutto quello che potei ottenere da lui. Un attimo do-
po giaceva bocconi sulla nuda rete del letto, con le maglie di
ferro che gli losangavano la faccia: un rutto, e si addormentò.
Ormai non andava piú nemmeno all'osteria, le sue cellule cerebrali producevano da sole la molecola similalcolica di cui
impregnarsi.
     Quella sera tornai a casa furibondo e deciso a mettere mio
nonno di fronte all'evidenza. Quando i suoi ricchi amici lo
chiamavano per un mal di pancia prendeva la sua valigetta di
medico e schizzava con la Mini Morris, ma il Felice poteva
crepare sotto i suoi occhi senza che se ne accorgesse. Irruppi nella sala del camino grande con un discorso già prepara-
to, ma venni immediatamente zittito: lo sceneggiato con Romolo Valli, Alberto Lupo e Mita Medici era in pieno svolgi-
mento, ripassassi dopo. Cosí il mio slancio si afflosciò, e
quando il lunghissimo sceneggiato finí ero già a letto.
     Durante la notte presi la decisione: avrei fatto parlare la
Carmen, non sapevo come ma l'avrei fatta parlare.

– Signora Carmen, il Felice se ne sta andando.

Non disse niente, poi mi fissò negli occhi.

– Per quanto ne avrà?

Le spiegai che non era questione di tempo, che poteva vivere ancora degli anni, ma che si stava spegnendo, come se il suo pensiero marcisse. Le si inumidirono gli occhi e si voltò dall'altra parte.

– Noi due siamo le persone che gli vogliamo piú bene in tutto il paese – azzardai.

– E con questo?

– Non dovremmo avere dei segreti fra di noi... segreti che riguardino lui voglio dire...

– Dove vorresti arrivare?

– Senta Carmen, qualcosa mi ha raccontato lui, qualcosa mi ha fatto capire, qualcosa ho capito da solo, cosí mi sono fatto un'idea...

– Un'idea di cosa? – mi interruppe stizzita. – Un'idea di cosa, alla tua età?

– Un'idea di quella che dev'essere stata la sua vita.

Mi fermai lí per il momento. Al resto sarei arrivato dopo.

– E da me cosa vuoi?

– Che lei mi dica se ho indovinato o no, se le cose sono andate come penso.

– E poi?

– E poi basta, solo come sono andate le cose.

– O lo vai a spifferare ai quattro venti.

– No! Glielo giuro!

– Senti, a me va di parlare chiaro. I tuoi nonni non mi piacciono.

– Posso capire.

– Non è che ti hanno mandato loro?

– Loro? Se mio nonno sapesse che sono qui mi farebbe una scenata che non finisce piú... Non è contento nemmeno che io abbia fatto amicizia con il Felice.

– Sí, lo so che siete tanto amici –. Per la prima volta stava sorridendo. – Sapessi quante volte mi ha parlato di te.

– Ah sí?

– Sí, il suo Michelín... Darebbe la vita per te, lo sai? Questa volta fui io a farmi venire gli occhi lucidi. Mi offrí da sedere: era fatta!

– Allora, sentiamo cosa sai.

Le raccontai tutto quello che avevo messo insieme fino all'affare del samovar e non oltre. Mentre parlavo mi fissava, attentissima; di tanto in tanto le affiorava un mezzo sorriso, come se un particolare del mio racconto la intenerisse. Non mi interruppe mai, e anche dopo che ebbi finito rimase silenziosa per un pezzo.

– Allora? – le chiesi timidamente non sopportando piú quel silenzio.

– Allora mi sembra che tu sappia già molto. Bravo, devo farti i miei complimenti.

– E il resto?

– Il resto cosa?

– Quello che manca al racconto.

– Per esempio?

– Carmen, non faccia finta di niente: lo sa quanti buchi ci sono ancora.

– E se non fossero belli, 'sti buchi?

– A questo punto meglio sapere tutto, non le pare? Le sembra giusto che io resti cosí a metà strada per tutta la vita?

– No, per la vostra amicizia non sarebbe giusto, ma solo per quella.

Andò a cercare le sigarette, se ne accese una (la grande partigiana! La giustiziera delle ss!), accavallò le gambe e incominciò a parlare.

La casa, dalla fine dell'Ottocento, apparteneva al signor conte, nessuno ne sapeva il nome perché tutti lo avevano sempre chiamato cosí, signor conte. Era solo e senza eredi, e un sacco di naschesi lavoravano direttamente o indirettamente per lui, anche lei da bambina era andata qualche volta ad aiutare in cucina quando c'erano dei pranzi con tanti invitati. La servitú, alloggiata nella *dépendance*, era formata dalla famiglia Bianchini, l'Alfredo e la Marta e il loro figlio Danilo. Quando scoppiò la guerra, la prima, il Danilo partí per il fronte, e due anni dopo, quando ci fu il richiamo delle riserve, partí anche l'Alfredo. Non tornò nessuno dei due, perché il destino volle che cadessero a poche settimane di distanza vicino alla Bainsizza, uno ad ovest e l'altro ad est. Cosí a curare l'orto e le bestie rimase solo la Marta, piú qualche donna che veniva ad ore.

– E la Marisa?

– La Marisa se n'era già andata da qualche anno quando era ancora una ragazzina. Diceva che la campagna non era la vita per lei.

– E cosa andò a fare?

– La vita.

– Cosa vuol dire la vita?

– Gesú, sei proprio piccolo! Batteva, sai cosa vuol dire?

– No.

– Fortuna che eri a metà strada... Vuol dire che faceva la prostituta.

– Ah.

Aveva un locale subito fuori Luino, e abitualmente esercitava sullo stradone fra Luino e Ponte Tresa o sulla litoranea fra Maccagno e il confine con la Svizzera. Pare che fosse molto famosa, da quelle parti. Per via di una voglia violacea su una guancia era conosciuta da tutti come La Màcola.

Fece quella vita per almeno tre anni, fra il 1906 e il 1909, finché uno sconosciuto la mise incinta. Partorito il Felice, non trovò nessuno che glielo tenesse: cosí tornò a Nasca per affidare la creatura ai propri genitori. Per impedirle di tornare a fare la vita questi però si rifiutarono, cosí fu costretta a rimanere in famiglia. Il parroco di allora, uomo di vedute strettissime, si rifiutò contro le disposizioni episcopali di battezzare il bambino, la cui nascita non venne nemmeno registrata. Il piccolo Felice rimase cosí semplicemente Felice.

Poi, come nella storia di Cenerentola, avvenne qualcosa di fiabesco. Il vecchio conte la vide e se ne innamorò. Con la scusa che da tempo non aveva piú una cameriera privata la assunse al suo diretto servizio mettendole a disposizione una stanza all'ultimo piano. Cosí adesso i suoi la guardavano con astio accresciuto: loro a spargere concime e a falciare l'erba, lei a preparare profumate tisane, loro a pulire le gabbie dei conigli e a raccogliere la frutta, lei a rimboccare le lenzuola del conte, loro a occuparsi del suo marmocchio e lei a sfarfallare attorno al padrone. Le cose sembravano sistemate, invece in pochi anni la morte spazzò via tutto. Nel 1917 caddero in battaglia l'Alfredo e il Danilo, alla fine dello stesso anno la polmonite si portò via anche la Marta. Di giorno il piccolo Felice, che aveva quasi otto anni, stava dietro alla gonna della madre, ma la notte dormiva da solo nella *dépendance*: cosí voleva lui stesso, e ogni tentativo della madre di portarselo in camera con sé provocava soltanto terribili crisi isteriche.

Nell'inverno del 1918, improvvisamente, se ne andò anche il conte. Apertone il testamento, il notaio annunciò a Marisa che il defunto la nominava sua erede universale, ma che altri beni oltre a quel podere non c'erano. Cosí, con grande disappunto del parroco, la Màcola divenne l'unica proprietaria: il Felice tuttavia si ostinava a dormire nella sua stanzetta. Ma aveva la sifilide la Màcola, e non se l'era mai curata: cosí alla fine del '18 morí anche lei.

Unico proprietario, all'età di nove anni, era adesso un bambino senza cognome.

– Poi sono arrivati i Kropoff...

– Sí, ma non subito. Dovevano essere stati nascosti un po' in Svizzera, perché quando arrivarono qui era già il '19.

– Quindi rimase da solo diversi mesi...

– Sí, e anche allora non volle mai abbandonare la sua stanza.

– Ma perché sono venuti proprio a Nasca, i Kropoff?

– Ah questo non lo so... Può darsi che avessero una rete di informatori, e che da qualcuno abbiano saputo che qui c'era una casa perfetta per loro, una casa praticamente senza padrone...

– Sa per quanto gliel'hanno portata via?

– Taci, che mi vien male solo a pensarci! Certo che lo so, lo sapeva tutto il paese.

– E nessuno ha fatto niente?

– E cosa volevi che facessimo? Gli uomini erano quasi tutti morti in guerra, noi donne non sapevamo nulla di legge, l'unico che avrebbe potuto dire qualcosa era il parroco, ma figuriamoci, quel maledetto l'avrà presa come la giusta punizione divina...

– E il Felice?

– Il Felice ha incominciato subito a lavorare per loro, prima cose di poco conto, poi lo sgobbo vero.

– Cosí ha lavorato per loro la bellezza di ventisei anni...

– Perché ventisei? Fino al 1955 ne fanno trentasei...

– Ah già. Piuttosto... è vero che la Marisa gli parlava di suo padre come di un eroe?

– E questo come lo sai? Sí, comunque è vero. Non ho mai sentito nessuna donna parlare tanto bene dell'uomo che l'ha

inguaiata: e dovevi vedere come lui l'ascoltava, sembrava che
si bevesse tutto con gli occhi...
    – Lei non sa niente di quell'uomo, vero?
    – Niente. Nemmeno la Marisa poteva sapere chi fosse.
    – Va bene. Adesso dovremmo passare al resto.
    – Quale resto?
    – Lo sa benissimo.
    – Senti ragazzino, sei tanto caro ma vedi di non esagera-
re, eh?
    – Ho trovato i corpi.
    – Quali corpi?
    – Quelli dei francesi e quelli dei tedeschi che non era-
no tedeschi, quelli sotto il prato e quelli nello sgabuzzino.
    Si accese un'altra sigaretta senza guardarmi, poi aspirò
profondamente ad occhi chiusi.
    – Cosí hai fretta di crescere, eh?
    – Al contrario, vorrei non crescere mai.
    – Allora perché non giochi, anziché ficcare il naso dove
non devi?
    – Ma era quello il gioco, cioè... mi ci sono appassionato...
    – Carini gli scheletri, vero?
    Rimasi in silenzio a guardarla come uno che deve assolu-
tamente riscuotere qualcosa.
    – E va bene, testone! Va bene!
    Cosí mi confermò quello che avevo immaginato. I Kro-
poff facevano le spie per i nazisti, e avevano già fatto cattu-
rare diversi partigiani. Lei e il Giuàn, che erano i capimani-
polo in paese, li sospettavano da tempo, ma non avevano mai
trovato una prova. Poi una sera una staffetta arrivò trafela-
ta da Laveno: una squadra di genieri francesi, inviata a Ca-
stelletto Ticino in appoggio alla II Divisione, si era persa e
stava venendo nella loro direzione. Bisognava assolutamente intercettarli e prevenirli del pericolo, perché sia a Caldé
sia a Porto Valtravaglia le ss avevano lasciato due guarnigio-
ni, ed anche Laveno era costantemente pattugliata. I partigiani riescono ad avvertirli, cosí prima di arrivare a Caldé i
francesi prendono la strada alta, quella di Rasate e Pessina,
senonché anziché ripiegare verso sud si sbagliano di nuovo e
procedono per la Valtravaglia. Quando i partigiani se ne ac-

corgono è troppo tardi: i francesi sono entrati a Nasca da sud, e una delle prime case che hanno incontrato è quella dei Kropoff... Il resto lo sapevo, perché la mia ricostruzione era perfetta. Impotenti, i partigiani osservano dal tetto di una casa vicina la sepoltura di tutti quei corpi. I russi, aggiunse la Carmen, trattavano il Felice con la stessa durezza con cui l'Oberführer doveva avere trattato loro. Oltretutto nella manovra di accerchiamento della casa le ss si imbattono nel povero Piero, lo fanno fuori con il silenziatore senza pensarci un istante, è troppo, qualcuno deve incominciare a pagare... Studiano il modo di giustiziare i tre russi, ma occorre prudenza perché non ci vada di mezzo il Felice: cosí passano un po' di giorni, durante i quali i Kropoff devono accorgersi di qualcosa... Forse lo stesso Felice, a cui gli amici hanno detto che non passerà molto tempo perché si ritrovi senza piú padroni, si lascia scappare qualche incauta parola... Sta di fatto che una sera i russi decidono di filarsela: le notizie della guerra non lasciano piú molte speranze, prima o poi era una cosa da fare... Prendono tre divise tedesche da tempo preparate all'uopo, la signora si taglia i capelli e... anche qui conosco il seguito, la Carmen non sa come io abbia fatto, devo essere un demonio...

– Non è vero che so proprio tutto. La parte che ha avuto il Felice, per esempio. Lui mi ha detto che ne avete ucciso uno a testa, è vero?

– Balle. Lui è riuscito solo a fare un graffio al collo del vecchio, povera stella. Abbiam fatto tutto io e il Giuàn.

– Un'altra cosa... Perché è convinto che ad uccidere i francesi sia stata gente di qui?

– Lui i tedeschi non li ha visti, ha visto solo i morti, morti forestieri. Poi ha visto me e il Giuàn uccidere altri tre stranieri, quindi avrà fatto presto: tutti i morti vengono da fuori, tutti gli assassini vengon da dentro...

– Ma non gli avete spiegato come stavano le cose?

– Lo sai anche tu com'è fatto, no? Io non ho mai conosciuto nessuno cosí influenzabile e insieme cosí cocciuto.

Con il passare degli anni gli assassini avevano perso la loro nazionalità, poi anche la loro umanità: erano diventati «loro», ma di questo non potevo parlare con la Carmen.

– E dopo avete tenuto la casa per dieci anni...

– Anche questo hai scoperto! Ma cosa dovevamo fare? A lui interessava solo la sua stanzetta, andare al catasto era pericoloso, cosí ci è venuto in mente di tenere in vita quei russi di merda.

– Avete fatto bene. E con mio nonno chi ha trattato?

– Il Giuàn, che tanto abitava a Musadino e non ne aveva ancora per molto, con tutto il piombo che si portava dentro.

– Sa che di tutto questo il Felice non ricorda quasi piú niente?

– Lo so. Dovrei esserne contenta, invece è una cosa che mi intristisce.

– Carmen, lei sa che io non la tradirò mai.

– Vorrei ben vedere! – e per la prima volta rise.

– Ci sarebbe ancora qualche domanda.

– Sentiamo.

– Perché dice di essere cresciuto con i conigli?

– Mah... credo perché da piccolo andava sempre nella conigliera, prima dietro a sua nonna, poi, quando rimase solo con sua madre, anche per conto proprio, stava lí dentro delle mezze giornate e ci parlava anche, coi conigli...

– Chi è il Gran Coniglio?

– Mai sentito.

– Mai sentito di un coniglio accecato o impiccato?

– Mai.

– Nella nostra cantina ci sono molte bottiglie piene a metà di qualcosa che sembra mosto rappreso, ma che invece è sangue. Ne sa qualcosa?

– No.

– Ma nel '45 c'erano già, vero?

– Mi sembra di sí. Altre domande?

– No... Anzi sí: come si chiamava questo Comune prima di chiamarsi Castelveccana?

– Castelvaltravaglia.

Avrei voluto chiederle dell'altro, in realtà: soprattutto quanti tedeschi e quanti fascisti avesse ucciso, e dove, e come, e poi chi erano i suoi compagni ancora in vita, e dove abitavano... Ma il patto era che non dovessimo avere segreti che riguardassero il Felice, e queste erano domande che non lo riguardavano.

Ma il tempo del rimuginare non era concluso. Marisa Bianchini era morta di sifilide a ventisette anni. Se aveva già quella malattia quando nacque suo figlio poteva avergliela trasmessa, e da qui, non da una tara paterna, potevano avere avuto origine i guai mnemonici del Felice. Chiesi a mio nonno se la sifilide fosse ereditaria e mi disse di sí, anche se i sintomi spesso cambiavano di generazione in generazione; gli chiesi se poteva danneggiare la memoria, e rispose che ad essere danneggiato era tutto il sistema nervoso, per cui non si poteva escludere che in certi individui la sifilide potesse causare problemi alla memoria.

«Problemi»! Che si parlasse del Felice non gli era nemmeno venuto in mente, probabilmente aveva messo la mia inchiesta sul conto della mia «morbosità»...

Ma perché il Felice era stato reciso nell'attribuire le sue amnesie a un'eredità paterna? Certo non poteva essere stata sua madre, sollecita di magnificare il dragone, a mettergli in testa quell'idea... Possibile che si trattasse solo di un'imprecisione linguistica e che volesse riferirsi sí al padre, ma di sua madre, cioè all'Alfredo? Sul quale non gravavano però indizi in tal senso, altrimenti la Carmen me ne avrebbe fatto cenno...

E quel presunto mosto? I Rufus si erano ingranditi banchettando con i francesi, ma se già prima qualcuno avesse voluto creare una razza di lumache carnivore? L'ipotesi mi veniva direttamente da tutti i film dell'orrore che avevo visto, ma l'idea di una super-razza mi rigettava nelle braccia del nazismo, per cui subito la mia avventura intristiva... Intristiva ma proseguiva: vedevo il vecchio Kropoff che per ordine di Berlino innaffiava di sangue le insalate e stilava mensilmente i suoi rapporti (ma perché? In cosa sarebbero stati impiegati quei lumaconi nazisti?)... Poi l'esperimento si estendeva ad altre specie animali, per esempio ai conigli: uno dei quali viene alimentato con una dieta speciale a base di sangue, ed ecco che infatti cresce piú in fretta degli altri, piú in fretta e piú grosso e naturalmente piú cattivo... il Gran Coniglio! Risolto il mistero... il piccolo Felice lo guarda con un misto di ammirazione e di orrore, finché qualcosa nell'esperimento va storto e il mostro dev'essere ucciso... oppure l'esperimento è andato benissimo e il bestione dev'essere spedito come prova a Berlino, lo si uccide per metterlo in una cassa sigillata in cui nessuno possa curiosare... E se invece che di genetica si fosse trattato di esoterismo? I capi nazisti erano tutti fissati con l'esoterismo, c'era scritto perfino nel mio sussidiario... Forse allora quel sangue serviva a un rituale nero, nerissimo... In tal caso Gran Coniglio poteva essere il nome di un sommo sacerdote... E se il Felice avesse capito male qualcuno che parlava di un «Gran Consiglio»? E se i nazisti non c'entrassero per nulla? Se lo sperimentatore folle fosse stato il conte? Se fosse stato un massone? Quando mi prendeva cosí sapevo che potevo andare avanti a moltiplicare le ipotesi ad oltranza, in una vertigine dove ogni somma era una sottrazione...

Avrei avuto bisogno di nuovi elementi, ma il Felice era ormai incapace di fornirmene... oppure no? Se al contrario proprio la sua psicastenia avesse liberato segreti tenuti gelosamente riposti? Andai a trovarlo dopopranzo: come al solito giaceva sulla rete metallica, e tutto era ancora piú disordinato e sporco dell'ultima volta. Sembrava dormire, ma appena feci un piccolo rumore si voltò verso di me.

– Michelín, te see ti?

– Sí.

– Te podi vedè no... podi derví no i oeucc.

Gonfie e violacee, le sue palpebre erano letteralmente incollate da una secrezione ormai cristallizzata in cui le ciglia erano imprigionate come fili d'erba nell'ambra. Con una pezzuola imbevuta d'acqua gliele lavai, ma per rimuovere quei cristalli dovetti tornare da noi a prendere una pinzetta. Sopportò l'operazione senza emettere fiato, poi aprí gli occhi e sembrò stupito di avere tanta visuale.

– G'hoo truvaa i oeucc Michelín, g'hoo truvaa i oeucc!

Prima dietro alla nonna poi dietro alla madre, ogni volta che veniva da noi si infilava nella conigliera...

– Da quanto tempo hai questo disturbo agli occhi?

– Eh, el temp, el temp... da quand che seri un fioeu, semper cecaa 'me una talpa...

Considerava i conigli suoi fratelli... sua madre lo proteggeva con le favole... era lui il Gran Coniglio! La perdita degli occhi l'avrà aggiunta anni dopo, quando la sua congiuntivite cronica era peggiorata... Guardai il punto dove aveva disegnato il coniglio impiccato: non c'era piú niente, solo l'ombreggiatura provocata da un mano sfregata contro la porta dell'armadio.

– Felice, eri tu il Gran Coniglio.

– Eh? Mi soo no, mi soo no... mi soo... Eh? El cunili? Mi soo nagott...

Era esausto, non potevo torturarlo cosí. Gli diedi un bacio sulla fronte e me ne andai.

Appena rientrato, colsi brani di conversazione fra mio nonno e mia nonna. O meglio, come sempre, di apodittiche enunciazioni del nonno alla nonna. Si trattava, nientemeno, dell'ipotesi di licenziare il Felice per la sua manifesta impossibilità a lavorare.

Irruppi senza pensarci nella sala e li investii della mia indignazione. Lui poi, medico, con il suo giuramento di Ippocrate del cazzo... Non ricordo cosa dissi, so solo che mi guardarono come fossi in preda a una crisi isterica, e forse era proprio cosí... Terminai dicendo che se lo avessero licenziato non mi avrebbero visto mai piú, poi per calmarmi presi la mia bicicletta e pedalai per un'ora sui colli.

Quando tornai era già passata l'ora di cena, e i nonni erano inchiodati davanti alla televisione in balia di Renzo Palmer e di Virna Lisi.

Renzo Palmer mi era simpatico, con quella sua faccia cicciotta e quella voce da doppiatore... Ma uno sceneggiato a puntate è uno sceneggiato a puntate, cioè il male... Forse il male non era cosí fascinoso come avevo sempre voluto, forse non era fatto di demoni e mostri... E anche l'avventura, che riuscivo a concepire soltanto nei modi stabiliti da Stevenson, da Melville e dagli altri numi che mi prendevano per mano, anche l'avventura forse era finita con loro, e solo ne rimaneva una squallida caricatura nella «Tv dei ragazzi», in certi orribili telefilm come I ragazzi di padre Tobia, che mi procuravano un immediato malessere già a partire dalla faccia di Silvano Tranquilli...

Quella notte pensai molto al conte. Avessi aperto un dossier anche su di lui dove sarei arrivato? Quanti anni della mia vita avrei speso, per arrivare magari alla conclusione che si trattava di un individuo privo di qualsiasi interesse? Aveva messo gli occhi sulla bella traviata e se l'era presa: sapeva che era una prostituta? Avrei scommesso di sí, in tanti libri avevo trovato storie di uomini a cui piace redimere le donne perse... Alla sua età poi, io non sapevo niente di queste cose... ma se il Felice, nel pieno delle sue forze... se era stato preso in giro da quella puttana francese... non è che l'anziano conte avesse molte possibilità di far meglio... la Màcola però si sarà ben guardata dal deriderlo, aveva una creatura da mantenere e una famiglia di cui voleva liberarsi... Qui non è che ci fosse molta avventura, in effetti, era meglio la parte con gli scheletri...

Il ricordo di Geneviève fu come una sinapsi: ma certo! Come avevo fatto a non pensarci prima! La sifilide non era chiamata anche «mal francese»? Non sarà stata la Màcola a parlarne al figlio, ma quelle serpi dei suoi genitori? La Marta probabilmente, incurante che il bambino sentisse... o forse proprio perché sentisse... Cosí egli è costretto a pensare al padre, il suo male viene dal dragone, viene da tutti i francesi, soprattutto, crederà anni dopo, da quelli cosí vicini a casa sua sotto il nostro prato, e viene dalle lumache che a modo loro sono figlie dei francesi anche loro... le lumache come untori, ecco la prima cosa che mi sarebbe venuta in mente anni dopo, al momento di leggere del Settala e del Ripamonti nei *Promessi sposi*... Allora invece, memore delle spiegazioni del nonno, pensai alle lumache come a gigantesche spirochete...

Se i suoi nonni fecero di tutto per mettere quel povero bambino contro sua madre non si saranno fatti scrupoli di dipingerne la vita passata a tinte fosche: ma basta, questo, perché crescendo quel bambino cancelli il ricordo della madre procedendo a una radicale distruzione di qualsiasi cosa possa rievocargliela? Chissà, forse in quell'alloggio alle porte di Luino il piccolo aveva assistito piú di una volta al rapporto fra la madre e un cliente... In ogni caso il repulisti della sua stanzetta corrispondeva a una rimozione mentale, e tanto piú grande si faceva quel vuoto tanto piú bisognava riempirlo con qualcosa di alternativo, e quale alternativa si dava se non il fascinoso dragone? Cosí il personaggio di una favola divenne una leggenda da ritrovare, cioè un'altra forma di vuoto...

Poi dovetti addormentarmi e sognare, perché il conte era identico a Bela Lugosi, il che spiegava fin troppo bene il sangue conservato in bottiglia... Involgaritosi nel Varesotto, il nobile transilvano doveva essere passato dal sangue di bellissime vergini a quello di maiali e conigli, si vede che funzionava anche quello... Poi mi guardava ridendo con la bocca tutta imbrattata di sangue, e mi diceva: «Ma ci credi davvero?»; dopodiché si sfilava la maschera come fosse Diabolik ed era Arnoldo Foà. Un'altra risata, e sfilava anche quella maschera: adesso era Giampiero Albertini, tolta la maschera del quale era Paolo Ferrari: poi, maschera dopo maschera, divenne Massimo Serato, Andrea Giordana, Sergio Fan-

toni, Gino Cervi, Aroldo Tieri, Ugo Pagliai, e ogni volta ero
convinto che fosse quello vero, l'ultimo: invece come le pel-
licole di una cipolla le maschere cadevano una dopo l'altra,
e Nino Castelnuovo lasciava il posto ad Alberto Lionello che
lo lasciava a Raf Vallone, che diventava Gabriele Ferzetti
solo per trasformarsi in Romolo Valli: Valli diventava poi
Claudio Gora, le cui fattezze coprivano quelle di Adalberto
Maria Merli, subito sostituito da Umberto Orsini, Orsini
era in realtà Luigi Vannucchi e questi Glauco Mauri, sotto
il quale si celava Orso Maria Guerrini, cui altro non premeva che farmi vedere quanto velocemente si trasformasse in
Riccardo Cucciolla... «Basta! Basta!» urlai. «Dimmi chi
sei!» E Cucciolla, nel cui mobile volto fluttuavano simulta-
neamente i volti di tutti gli altri, mi disse (ma ormai era già
molto piú Foà che Cucciolla, con molto Merli e molto Orsini e la voce di Paolo Stoppa): «Chi sono? Ma sono il re degli sceneggiati! E voglio vivere in eterno perché gli sceneggiati non finiscano mai! E per questo ho bisogno di sangue,
di tantissimo sangue!» E mi indicava le bottiglie, in cui il
sangue era ancora liquido e rosso e arrivava fino al collo: poi
mi indicava un angolo buio della cantina, dove sforzando la
vista riuscivo a scorgere la Màcola, coperta solo da una suc-
cinta vestaglietta bianca, incatenata ad un gancio, con la pelle ancora piú bianca della sua vestaglia, e tante lumache at-
taccate alle gambe e alle braccia come sanguisughe, alcune
piú snelle altre già gonfie come zecche... Poi il conte, con la
giovanile baldanza di Andrea Giordana e di Giuseppe Pam-
bieri ma anche con la pesantezza di Gino Cervi e di Tino
Buazzelli, si avvicinò a lei e le staccò le lumache piú gonfie,
e portatele sopra una bottiglia vuota in cui era infilato un
imbuto, le spremette come fossero acini d'uva: stridendo or-
ribilmente, quelle rilasciarono copiosa quantità di sangue,
che confluí scintillante dentro la bottiglia, dopodiché, vuote spoglie, vennero gettate dentro un bidone.

Mi svegliai in preda a un'angoscia che mi durò tutta la
giornata. Quante volte era morta Marisa Bianchini? Almeno cinque: quando si era messa sullo stradone di Ponte Tresa, quando fu ripudiata dal parroco e trattata dalla famiglia
come un'appestata, ogni volta che le lumache del conte le

succhiavano il sangue, quando morí biologicamente, e quando fu dimenticata dal figlio... Era solo un sogno, ma dentro di me diventava vero, era come uno spartito di cui io fossi lo strumento esecutore... Un sogno orrendo, ma con una consolazione nascosta: quel sangue era sifilitico, e bevendone il re dello sceneggiato accelerava la propria fine...

Erano le tre di notte. Scesi in cucina a scaldarmi un po' di latte, e la tela cerata del tavolo era coperta di lumache rosse. Stavano ferme, disposte in cerchi concentrici come in un rituale esoterico.

Al centro del cerchio piú piccolo c'erano due bulbi oculari che fissavano il soffitto.

Seduto a capotavola, avvolto in una vecchia trapunta violacea, c'era il Felice, con le palpebre completamente saldate. In mano teneva un bicchiere pieno di sangue.

– Lo hai fatto tu, questo – disse. – Scannavi i conigli e poi li tenevi a testa in giú finché tutto il sangue fosse sgocciolato nella bottiglia.

– Ma quando?

– Tanto tempo fa, tu non te ne puoi ricordare.

– Ma cosa stai dicendo?

– Beh, non proprio tu... Ricordi quando ti ho parlato del Michelino di prima? Quello che adesso sta dormendo?

Se me ne ricordavo!

– Ecco, è stato lui, e io dovevo aiutarlo.

– Felice, adesso ti riporto a casa.

– Non capisci, sono io che ti devo mettere a dormire. Lui mi ha parlato e mi ha detto che è l'ora di essere svegliato.

– È un sogno, dimmi che sto sognando.

– Aver potuto fare questa domanda ti dovrebbe far capire che non è un sogno. Mi dispiace Michelino, ti ho voluto tanto bene, davvero, e so che tu ne hai voluto a me. Ma lui è piú forte.

– Cosa vuol dire piú forte?

– Vuol dire piú antico, ed essere antichi in questa casa è tutto.

– In questa casa...

– In questa casa. Una casa di Castelvaltravaglia, altro che Castelveccana.

– Cosa succede, adesso?

– Niente, tu ti scaldi il tuo latte e poi ci versiamo dentro questo bicchiere. Dopo vai a dormire e... basta, non succede piú niente.

– Ma domani mattina sarà lui a svegliarsi, vero?

– Le lumache sono disorientate, è troppo tempo che hanno bisogno di una guida, cerca di capire...

– Non le taglierai piú a metà con la vanga, allora?

– Eh, mi sa che non potrò piú... Mi sono sfogato un po' mentre c'eri tu, ma adesso bisognerà rigar dritti.

– E la tua memoria?

– Ci penserà lui a metterci dentro quello che serve. Ha sempre fatto cosí. Come per il linguaggio. Se vuole mi fa parlare tutte le lingue del mondo.

– E sei contento?

– Io non posso scegliere, nessuno ha mai potuto scegliere. Neanche tu. Ti ha lasciato un po' divertire ma adesso il tempo è scaduto.

«Loro» erano «lui», lui ero stato io, fra poco lo sarei stato di nuovo.

– E il verderame?

– Il verderame cosa?

– Niente, chiedevo tanto per chiedere.